Das Buch

Vesuvias aufregendes Busendasein beginnt recht unspektakulär als kleines blasses Pünktchen. Im Teenageralter betet sie verzweifelt Wachstumsmantras, bis sie sich tatsächlich zum ansehnlichen C-Körbchen-Busen entwickelt, ebenso wie ihre frivole Zwillingsschwester Etna, die mit ihrem Faible für Rot ständig von verführerischen Spitzen-BHs träumt. Natürlich fallen die beiden Schönen bald den Herren der Schöpfung auf. Klebrige Finger, ungeschicktes Fummeln und Grabschen prägen die ersten Begegnungen. Weil sie außerdem ständig angestarrt wird, überlegt Vesuvia, ob sie sich nicht auf eine Karriere als Busenstar konzentrieren sollte. Aber auch mit ihrer Rolle bei der Partnerschaftswahl und ihrer biologischen Bestimmung muss sie sich auseinander setzen, genauso wie mit der Frage: Bin ich eigentlich ein Vamp? Vesuvia erlebt am eigenen Leib, dass auch ein Busen mal so richtig in Panik geraten und hysterisch werden kann. Zum Glück neigt sie aber nicht zur Dramaqueen, sondern konzentriert sich lieber auf die aufregenden Seiten des Lebens: Total verliebt in eine herrliche Männerbrust genießt sie Romantik, Lust und Leidenschaft ...

Die Autorin

Tina Grube, Jahrgang 1962, geboren und aufgewachsen in Berlin, arbeitete nach dem Studium der Gesellschafts- und Wirtschaftskommunikation als Etat-Direktorin in namhaften Werbeagenturen. Seit einigen Jahren ist sie als freie Texterin und Autorin von Bestsellerromanen, die zum Teil auch verfilmt wurden, tätig. Tina Grube lebt und arbeitet in New York und Amsterdam.

Tina Grube

Das kleine Busenwunder

Roman

Ullstein

Besuchen Sie uns im Internet:
www.ullstein-taschenbuch.de

Ullstein Verlag
Ullstein ist ein Verlag des Verlagshauses
Ullstein Heyne List GmbH & Co. KG
Originalausgabe
1. Auflage September 2002
2. Auflage 2003
© 2002 by Tina Grube
Lektorat: Dr. Theda Krohm-Lincke
Umschlaggestaltung: Thomas Jarzina, Köln
Titelabbildung: Mauritius, Mittenwald
Gesetzt aus der Goudy
Satz: hanseatenSatz-bremen, Bremen
Druck und Bindearbeiten: Elsnerdruck, Berlin
Printed in Germany
ISBN 3-548-25494-2

Für meinen Mann

Das Wunderbarste ist,
dass ich bei dir
verrückt sein kann.

Inhalt

Pünktchen

Unverhohlen starrt er mich an. Seine Augäpfel treten fast aus den Höhlen. Seine buschigen Brauen heben sich, verrutschen in Richtung des stark gelichteten Haaransatzes und scheinen noch widerborstiger abzustehen.

Ich starre zurück. Er gefällt mir nicht. Er gefällt mir ganz und gar nicht!

»Jetzt reicht's langsam, oder?«, fährt Lisa den Kerl an.

»Man wird ja wohl noch gucken dürfen«, mault er.

»Gucken? Na, zwischen Gucken und Glotzen gibt's ja wohl einen kleinen Unterschied«, erwidert Lisa kühl.

Das will ich meinen. Die Kerle glotzen sich fest, als gelte es, Frauen den T-Shirt-Stoff durchzubrennen, um endlich die nackten Tatsachen in aller Ruhe betrachten zu können. Ha, sie schaffen ihn aber nicht, den Supermann-Hitzeblick, sonst wäre die Textilindustrie noch viel reicher, denn alle Mädels müssten immer und überall Ersatzpullis mit sich führen, möglichst gleich im Zweier- oder Dreierpack.

Oh, Entschuldigung, ich philosophiere hier vor mich hin und habe dabei vor lauter Empörung ganz vergessen, mich vorzustellen: Mein Name ist Vesuvia. Und ich bin – Lisas Busenfreundin. Genauer gesagt, ich bin ihre linke Erhebung unter der Bluse und lebe auf dem großen Brustmuskel in Höhe der dritten bis sechsten Rippe. Ja, man könnte mich auch als quicklebendige Titte bezeichnen!

Ich kann sprechen, was viele Leute, die uns Titten verkennen, wundern mag. Hören kann mich allerdings nur Lisa, mit der ich quasi inwendig kommuniziere. Und – fast hätte ich sie unverzeihlicherweise vergessen – hören kann mich natürlich auch meine Zwillingsschwester Etna. Sie ist einen Hauch kleiner als ich und etwas weniger gesprächig. Momentan macht sie gerade ein Nickerchen, was mir tagsüber selten gelingt, weil ich näher am Herzen liege. Die Herzpumpgeräusche in Lisas aktiven Stunden halten leider selbst die müdeste Titte wach. Aber das Gute daran ist, dass ich so wenigstens nichts verpasse.

Die Tür des Busses öffnet sich. Sofort strömt heiße Luft herein. Der New Yorker Sommer macht seinem kreislaufschwächenden Ruf mit hohen Temperaturen und schweißtreibender Luftfeuchtigkeit alle Ehre.

»Noch zwei Stationen«, teilt mir Lisa mit.

Weiß ich doch. Von unserem Loft in Brooklyn brauchen wir insgesamt fünf Stationen mit dem Bus, bis wir zur Subway-Linie kommen, die uns nach Manhattan bringt. So ganz klar ist mir zwar nicht, wie wir heute zu unserem Ziel gelangen, aber in jedem Fall müssen wir mitten hinein ins Manhattangetümmel, Richtung Upper West Side.

»Der Busenglotzer steigt aus«, melde ich Lisa.

»So ein Blödmann, so ein Widerling, so ein aufdringlich glotzender Schlappschwanz.«

»Na ja, Starren geht ja noch. Anfassen wäre schlimmer gewesen«, gebe ich zurück. Bei der Vorstellung allein stellt sich mir das Köpfchen auf. Nicht vor Erregung, natürlich, sondern vor Abwehr. Ich wünschte, ich hätte einen Kugelblitzschießer in der Brustwarze. Dann könnte ich den Gierhälsen nette Stromschläge verpassen, genau zwischen die Augen, als Schocktherapie zum Abgewöhnen!

»Hätte der dich angefasst, Vesuvia, ich hätte ihm in die Weichteile getreten. Meine Laune ist nicht die beste, na ja, wahrscheinlich bin ich heute etwas übersensibel.«

Lisa hat schlechte Laune? Lisa ist übersensibel? Na, kein Wunder bei unserem heutigen Tagesplan.

Abgesehen davon ist das Begaffen im Sommer wegen des Mangels an schützenden, panzerartig wattierten Steppjacken stets besonders übel. Bei vierunddreißigkommafünf Grad Celsius im Schatten lebt es sich als Titte besser luftiger. Schließlich hab ich keine Lust, permanent in Schweiß auszubrechen und klebrige Spuren auf Lisas Kleidung zu hinterlassen. So kommt es dann leicht zu diesem Missverständnis: Das andere Geschlecht betrachtet unsere zarte Sommerkleidung als Glotzeinladung.

Irrtum. Irrtum, kann ich da nur sagen.

Natürlich wurden meine Zwillingsschwester Etna und ich nicht von Geburt an so unverschämt beäugt. Unsere Kindheit war eher ruhig, aber von vielen Fragen erfüllt. Ich muss etwa fünf Jahre alt gewesen sein, als ich einem großen Geheimnis der Natur auf der Spur war ...

Zwischen Lisas Eltern gab es drei wesentliche Unterschiede: Ihr Papa hatte kurze Haare, ihre Mama lange, die sie regelmäßig eindrehte und danach mit massenhaft Haarspray besprühte.

Ihr Papa hatte eine tiefe, brummige Stimme, ihre Mama eine hohe, melodische.

Und dann war da noch der faszinierendste Unterschied von allen: Papas Hemden saßen gestärkt und glatt auf seinem breiten, flachen Brustkasten. Mamas Pullover dagegen schlugen eine weiche Welle auf der Brust, offenbarten zwei geschwungene, in der Mitte durch eine Trennung unterbrochene runde Hügel.

Lisa sah ihre Eltern stets korrekt und komplett bekleidet. Nur im Urlaub, da trug ihre Mama einen hübschen Badeanzug, der auch den Hügeln ausreichend Platz bot, während ihr Papa in einer Badehose und oben ohne herumlief. Dann konnte Lisa seine Brustwarzen sehen, die platt und dunkel waren.

So stand sie dann eines Tages im Raum, die Frage, was aus Lisa und aus mir und meiner Zwillingsschwester wohl werden würde. Lisa lehnte an Mamas Frisierspiegel, stellte sich dann frontal davor, musterte sich kritisch und unterhielt sich mit ihrer Puppe.

»Ich bin ein Mädchen. Dann werde ich eines Tages eine Frau wie Mama. Obwohl ich das kaum glauben kann«, sagte Lisa zweifelnd und guckte dabei ausgerechnet mich an.

Zugegebenermaßen sah ich nicht beeindruckend aus. Ich räusperte mich. Lisa hatte mich noch nie direkt angesprochen, so dass ich auch noch nie versucht hatte zu reden. Aber alle Worte, die in Lisas Bewusstsein herumschwirrten, gehörten auch zu meinem geistigen Eigentum. Nun musste ich nur noch zu Stimme kommen. Schnell noch ein kleines Räuspern.

»Hey, Lisa. Ich bin's, ja, hier links. Du schaust mich gerade an. Was überlegst du?«

Lisa schien nicht besonders erstaunt zu sein über meine Redekünste. Die Welt war ohnehin voller Wunder und Überraschungen, dies war nur eine mehr an einem langweiligen Sonntag.

»Ich frage mich«, sagte Lisa ernsthaft, »ob ich eines Tages wirklich eine Frau werde wie Mama.«

»Warum nicht? Du hast doch auch so lange Haare wie sie und trägst Kleider und Röcke.«

»Ja, aber hast du gesehen, der Papa hat so Pünktchen auf der Brust. Und du bist doch auch nur ein Pünktchen, oder?«

»Ein Pünktchen? Ich weiß nicht. Jedenfalls sind die Pünktchen vom Papa ganz dunkel und ich bin hellrosa. Meine Schwester auch. Vielleicht zählt das, was meinst du? Ist Rosa nicht eine Mädchenfarbe?«

Lisa zuckte mit den Schultern. »Kann schon sein. Die Jungsfarbe ist doch aber Hellblau und Papas Pünktchen sind nicht hellblau. Irgendwas stimmt nicht.«

Ich überlegte krampfhaft. Fragen über Fragen. »Ich hab eine Idee. Du bist doch viel kleiner als die Mama, deshalb bist du auch ein Kind und Mama ist eine Frau. Also wirst du sicher weiter wachsen. Wenn du wächst, dann wachse ich womöglich auch.«

»Und wann?«

»Keine Ahnung.«

Lisa seufzte. Sie nahm Mamas Augenbrauenstift und malte sich damit einen Schnurrbart über die Oberlippe. Forschend betrachtete sie das Ergebnis und sprach nun mit tiefer, verstellter Stimme: »Mein Name ist Ludwig und ich bin ein Junge. Na, wie findest du das?«

»Doof. Du siehst immer noch aus wie Lisa, nur wie Lisa mit einem angemalten Schnurrbart«, antwortete ich.

Lisa verzog das Gesicht, verabschiedete die Ludwig-Idee und wischte den Schnurrbart wieder ab. Mit Mamas rotem Lippenstift zog sie nun ihr kleines, gespitztes Mündchen nach.

»Wie eine echte Dame«, sagte sie zufrieden. Sie klapperte mit den Augenlidern und versuchte, einen dramatischen Gesichtsausdruck aufzusetzen. Schließlich ließ sie sich auf den kleinen Hocker vor dem Spiegel plumpsen. »Wie die Hügel ohne Pullover aussehen, kann ich mir gar nicht vorstellen, du etwa?«

»Nicht genau«, musste ich zugeben. »Ob sie wohl weich oder hart sind, was glaubst du?«

»Das müsste rauszukriegen sein«, sagte Lisa entschlossen und nickte mir im Spiegel zu. »Wäre doch gelacht!«

Beim Mittagessen warf Lisa immer wieder verstohlene Blicke auf die rätselhaften Hügel von Mama. Sie bewegten sich nur, wenn Mama den Oberkörper drehte oder sich nach vorne beugte, um Papa noch etwas von dem Braten nachzulegen.

Also, vom Betrachten allein würden wir hier keine neuen Erkenntnisse gewinnen.

Lisa versuchte, ihre Neugier wenigstens bis nach dem Dessert im Zaume zu halten. Sie schlang das Kirschkompott in sich hinein und wartete ungeduldig, bis auch Mama den letzten Löffel voll genossen hatte. Dann stand sie auf und krabbelte auf Mamas Schoß.

»Na, meine Kleine, hat es dir geschmeckt?«, fragte Mama zärtlich.

»Sehr gut, besonders das Kompott«, antwortete Lisa und lehnte ihren Kopf vorsichtig an die Hügel. Hart fühlten sie sich nicht an. Jetzt richtete sich Lisa wieder auf, wählte den rechten Hügel aus und pikste vorsichtig mit dem Zeigefinger in das pralle Leben.

»Tut das weh?«, fragte Lisa die erstaunte Mama.

»Nein, das tut nicht weh«, antwortete Mama.

Mama hatte also keine Schmerzen. Dieser Hügel, dieses undefinierbare »Es«, hatte nachgegeben. Lisa pikte noch mal, nun in den linken Hügel.

»Tut das auch nicht weh?«

»Nein«, sagte Mama kurz angebunden.

»Es sieht aber so geschwollen aus«, meinte Lisa zweifelnd und streckte beide Hände nach den Hügeln aus.

Mama nahm schnell Lisas Hände und hielt sie fest, um sich vor weiteren Greifaktionen zu schützen. Sie gab Lisa je ein kleines Küsschen in die Handinnenflächen.

»Das sind meine Brüste, Lisa. Bei Frauen nennt man sie auch Busen. Busen sind von Natur aus rund und nicht geschwollen. Wenn du ein bisschen älter bist, erzähle ich dir mehr darüber.«

»Warum nicht jetzt?«

»Weil du das noch nicht verstehst.«

Diese Standardantwort kannten wir schon zur Genüge.

Lisa war aber noch nicht zufrieden. »Darf ich wenigstens noch mal anfassen?«

Mama stöhnte und funkelte Papa an, der unser Gespräch amüsiert verfolgt hatte. »Sag du doch mal was, sie ist ja schließlich auch deine Tochter.«

Papa zog Lisa neckend an einem ihrer Zöpfe. »Lass mal die Mama. Die Titten sind kein Spielzeug.« Dabei musste er grinsen. »Jedenfalls nicht für dich.« Über Lisas Kopf hinweg zwinkerte er der Mama fröhlich zu, die daraufhin errötete und ihn anstrahlte.

Schon merkwürdig, diese Erwachsenen.

Lisa musste sich also vorerst mit den Erkundungen des heutigen Tages zufrieden geben. Einiges war immerhin dabei herausgekommen: Es handelte sich nicht um etwas Geschwollenes und weh tat es auch nicht. So weit, so gut.

Hm, und verschiedene Namen gab es für das Hügelphänomen. Brüste, ja, na ja, Brüste klang nicht so aufregend. Busen war schon hübscher, aber als der Papa von »Titten« gesprochen hatte, da war sein Lächeln ganz breit geworden. Also fasste ich einen Entschluss: Fortan würde ich mich schon mal auf meine Zukunft vorbereiten. Ich war kein Pünktchen, sondern eine Titte, eine winzige zwar, aber eben eine Titte!

Ein paar Wochen nach dieser bahnbrechenden Erkenntnis kam Lisa in die Schule. Ihre beste Freundin Marie, die im Nachbarhaus wohnte, kam in dieselbe Klasse. So ging für die beiden engen Freundinnen ein großer Wunsch in Erfüllung, denn sie konnten sich nichts Schöneres vorstellen, als alles Neue miteinander zu teilen, ausgiebig darüber zu quatschen, zu beratschlagen und stundenlang zu kichern.

An diesem Einschulungstag gab es zwei Dinge, die Lisa sehr beeindruckten: Zum einen war es die riesige, rote Schultüte, die sie von ihren Eltern bekam. Zum anderen war es Maries Mutter.

Maries Mutter arbeitete im Gegensatz zu Lisas Mama nicht und deshalb holte sie beide Mädchen gemeinsam nach ihrem ersten Schultag ab. Sie trug ein figurbetontes Kleid mit einem großen Ausschnitt, viel tiefer und größer als normalerweise die Kleiderausschnitte von Lisas Mutter. Und auch ihre Hügel waren größer, viel, viel größer. Statt sanfter Wellen offenbarten sich hier stürmische Wogen. Als sie Marie zur Begrüßung umarmte, verschwand das kleine Kinderköpfchen komplett zwischen den Riesentitten. Das sah sehr gemütlich aus.

Lisa beschloss, ihr Forschungsprojekt »Titten« mit Marie zu teilen. Vielleicht wusste Marie ja schon mehr als sie, hatte Maries Mutter doch die phänomenalsten Exemplare, die Lisa bisher in ihrem ganzen Leben wahrgenommen hatte.

Während beide Mädchen aufgeregt ihre Schultüten öffneten, begann Lisa beiläufig das Gespräch.

»Sag mal, Marie, findest du deine Mutter hübsch?«

»Ja, klar, sie ist hübsch, oder? Hier, guck mal, ich habe einen rosa Kamm bekommen. So einen wollte ich schon immer haben.«

Lisa bewunderte den schimmernden Kamm und wickelte ihrerseits eine Zopfspange aus, die ein buntes Herzchenmuster zierte. »Oh, die trage ich gleich morgen«, jubelte Lisa. »Ach, also, deine Mutter, ja, die ist sehr hübsch. Und sie hat so schöne große Titten.«

Erstaunt schaute Marie auf. »Titten? Was ist denn das?«

Lisa war stolz, dass sie so etwas Bedeutendes wusste. »Titten sind Brüste oder auch Busen«, klärte sie ihre beste Freundin auf.

»Interessant«, sagte Marie ernsthaft. »Ja, du hast Recht, meine Mutter hat ganz schön große Titten.«

»Die von meiner Mama sind kleiner.«

»Hast du sie schon mal nackt gesehen?«, flüsterte Marie nun fragend.

»Nee. Wenn ich aufstehe, ist meine Mama immer schon angezogen.«

»Klar, sie muss dir ja auch noch Frühstück machen, bevor sie zur Arbeit geht.« Marie nickte.

»Und du?«, fragte Lisa.

»Was?«

»Na, hast du die Titten von deiner Mama schon mal nackt gesehen?«

Marie kicherte. »Ja. Meine Mutter hat morgens meist ihren Morgenmantel an. Manchmal geht er auf. Da hab ich dann mal reingeguckt.«

»Und? Wie sehen sie aus? Erzähl!«

»Groß.«

»Marie, was heißt hier groß? Dass sie groß sind, kann man auch sehen, wenn sie angezogen ist.«

Marie überlegte. »Also, groß und weiß. Die Haut ist ganz weiß, so weiß wie ein Bettlaken, verstehst du? Das ganze Ding, also die Titte, ist irgendwie rund, wie ein Ball ungefähr. Und das da in der Mitte ist größer als das, was wir hier in kleiner haben.« Marie tippte sich dabei auf ihre eigene Brust.

»Aha, das Pünktchen.« Lisa nickte.

»Bei meiner Mama sieht es gar nicht aus wie ein Pünktchen. Eher wie ein großer runder Fleck, so groß wie ein platt gedrückter Kaugummi. Du weißt schon, die dicken aus den Automaten. Und in der Mitte ist dann noch so etwas Rundes, das ein bisschen hoch steht.«

Lisa hörte konzentriert zu. »Interessant. Ach, soll ich dir ein Geheimnis verraten? Ich hab sie neulich angefasst.«

»Die Titten?« Marie riss die Augen auf.

»Ja, ich hab sie angefasst, die Titten von meiner Mama«, erklärte Lisa. »Sie sind ganz weich und geben ein bisschen nach, wenn man hineinpikt.«

»Hm. Nur, warum sind die Titten von meiner Mama größer als die Titten von deiner?«

Beide Mädchen überlegten angestrengt. Dabei machten sie sich über die Lakritzrollen her, die in Lisas Schultüte als Nächstes zum Vorschein kamen. Sie zogen die Rolle mit den Schneidezähnen auf und futterten dann voller Hingabe den Lakritzsenkel.

Plötzlich sprang Marie auf. »Ich glaube, ich weiß es.«

»Ehrlich?«

»Ja, ist ganz logisch. Nachmittags, wenn deine Mutter noch arbeitet, da kocht meine Mutter sich immer eine Tasse Kaffee.«

»Meine Mutter trinkt auch immer Kaffee, allerdings morgens«, sagte Lisa zweifelnd. »Daran kann es nicht liegen.«

»Ich meine ja gar nicht den Kaffee. Sondern das, was es dazu gibt.«

»Was gibt's denn dazu?«

»Kuchen!«, rief Marie.

»Kuchen«, wiederholte Lisa. Sie verstand überhaupt nichts.

»Und weißt du, welcher Kuchen der Lieblingskuchen meiner Mutter ist?«

»Nusskuchen, vielleicht?«, rätselte Lisa.

Das war nämlich Lisas Lieblingskuchen. Haselnusskuchen mit Schokoladencreme und einer Glasur aus dunkler Schokolade.

»Käsekuchen. Käsekuchen!«, sagte Marie triumphierend.

Käsekuchen? Käsekuchen! Mir dämmerte es langsam. Hier fügte sich Puzzleteilchen an Puzzleteilchen.

Auch bei Lisa fiel der Groschen. »Moment mal. Käsekuchen macht man aus Quark und Quark ist weich. Deine Mutter isst regelmäßig leckeren, weichen Quark-Käsekuchen. Mensch, so wird es sein. Die Titten sind mit Quark gefüllt, deshalb sind sie so schön weich.«

»Jetzt wissen wir es. Toll!«, jubelte Marie.

»Ist wirklich ganz logisch. Meine Mutter achtet doch immer so auf ihre Figur, sie will unbedingt ganz schlank sein. Darum isst sie auch fast nie Kuchen. Höchstens zwischendurch mal ein Joghurt.«

»Und Joghurt ist eben nicht Quark. Deshalb sind ihre Titten kleiner«, sagte Marie zufrieden und ließ den Rest der Lakritzschnecke in ihrem Mund verschwinden.

Während die restlichen kleinen Geschenke aus den Schultüten gekippt wurden, überlegte ich noch einmal, dass ich soeben Wesentliches zur Entwicklung einer beeindruckenden Hügellandschaft gelernt hatte. Zu gegebener Zeit würde ich Lisa auf jeden Fall dazu ermutigen, ihre Nuss-Schokoladenkuchenpassion mal zu vergessen und stattdessen Käsekuchen zu futtern. Regelmäßig und in gewinnversprechenden Mengen, denn von nichts kommt nichts!

Schwimmbad

»Pass bitte auf, dass uns niemand anrempelt«, raune ich Lisa zu. »Nicht dass Etna wieder einen Ellenbogen abbekommt.«

Mein Tittenzwilling Etna, die ihren Namen gehört hat, fragt schläfrig von rechts: »Was ist denn los?«

»Nichts, nichts, Schwester. Wir steigen nur gleich aus dem Bus aus.«

»Meinetwegen«, nuschelt Etna und nickt auch gleich wieder ein.

Lisa wird mehr oder minder von den anderen Fahrgästen, die ebenfalls aussteigen, aus dem Bus herausgeschoben und hält schützend ihre große Tasche vor uns, damit uns in dem Gedrängel nichts passiert. Dann geht sie zielstrebig zum Subway-Eingang und springt die Stufen hinab. Der Bahnsteig füllt sich, aber der Zug lässt auf sich warten. Unruhig läuft Lisa hin und her. Und hin und her und hin und her. Das muss sie sich bei den Tieren im Zoo abgeguckt haben. Ich weiß schon, bald müssen wir wieder zum Schuster, um die Pumps neu besohlen zu lassen. Da haben es die Tiger einfacher. Die laufen sich wahrscheinlich eine gute, solide Hornhaut.

Schon schaut Lisa wieder auf ihre Uhr und hypnotisiert offensichtlich den unschuldigen Sekundenzeiger. Soll er nun schneller oder langsamer ticken? Oder soll die Zeit einfach mal stillstehen? So bis morgen Abend, dann wäre alles vorbei?

Puh, Lisa macht mich nun selbst total nervös. Sehr unangenehm, denn während Lisa ihre Tigerlinien weiterläuft, vibriere ich vor mich hin. Da helfen vielleicht ein bisschen autogenes Training zur Tittenentspannung für Anfängerinnen, Busenyoga für Fortgeschrittene oder eine Farbtherapie für die ganz Sensiblen wie mich. Oder ein paar entspannende Rückbesinnungen. Mal überlegen, wie war das noch gleich, als meine Entdeckungsreise ihren Fortgang nahm? Konzentration, Vesuvia, Konzentration. Atme tief durch und erinnere dich. Ja, ich erinnere mich.

Lisas Mama musste wie üblich arbeiten. So hatte uns eines schönen Tages Maries Mutter zum Schwimmbad gebracht. Maries Mutter hasste Schwimmen aus vollem Herzen, wie offenbar alles, was in zu viel Bewegung ausarten konnte. Sie war eben mehr der gemütliche Typ. Trotzdem waren sich Lisas Mutter und Maries Mama aus irgendeinem kühnen Grunde darüber einig, dass ihre Töchter fortan einmal pro Woche zum Schwimmenlernen gehen sollten.

Lisa und Marie hatten nichts dagegen, zumal sich beide extra für diesen Zweck nagelneue Badeanzüge aussuchen durften. Marie hatte sich für ein Modell in Blau mit gelben Butterblümchen entschieden, während Lisa nach reiflicher Überlegung und schier endlosen Diskussionen mit Etna und mir nun stolze Besitzerin eines rosa-weiß karierten Badeanzuges war. Etna schmollte deshalb, denn sie war von Lisa und mir überstimmt worden. Wäre es nach Etnas Geschmack gegangen, dann würden wir jetzt nämlich in einem knallroten Badeanzug mit grellgrünen Krokodilen darauf stecken. Manchmal fragte ich mich, was in meiner Zwillingsschwester so vorging. Grellgrüne Krokodile, kaum zu glauben ...

Bis auf Etna also waren wir alle sehr vergnügt, denn schwimmen lernen, und dies ohne elterliche Argusaugen, hörte sich nach einem großen Spaß an. Maries Mutter lieferte uns bei einem so genannten Bademeister ab und versprach, uns in einer Stunde wieder abzuholen.

»Ihr Gören wollt also schwimmen lernen, was?«, fragte der Bademeister. Er war ein Riese, ein Riese mit muskulösen Armen, wie ich sie noch nie gesehen hatte. Um seinen Hals hing ein schwarzes Band mit einer baumelnden Trillerpfeife.

»Ist Schwimmen schwer?«, fragte Marie den Riesen.

»Bei mir ist noch keiner ertrunken, haha«, grölte der Riese fröhlich.

Das ließ ja hoffen.

»So, ihr Dreckspatzen, da drüben sind die Räume mit den Schränken für eure Sachen, dahinter die Duschen für Mädchen und Frauen. In fünf Minuten will ich euch hier frisch geduscht wiedersehen, klar?«

Lisa und Marie nickten artig und rannten los. Die Straßenkleidung wurde in einem gemeinsamen Schrank verstaut, die Beutel mit Handtüchern und der Unterwäsche für später flogen hinterher. Beide Mädchen hatten die Badeanzüge bereits am Morgen angezogen und drehten sich nun kichernd um die eigene Achse, um der jeweils anderen die bunte Pracht vorzuführen. Marie bewunderte unsere hübschen Karos, Lisa die Butterblumen ihrer Freundin.

Nur Etna murmelte unzufrieden noch etwas von »doofen Kästchenmustern«, »viel schöneren Blümchen« und »noch viel, viel, viel schöneren Krokodilchen«.

Na, die lieben Krokodilchen hätten eher den Vergleich mit gefräßigen, spitzzähnigen Alligatoren verdient. Aber dieser Kelch war glücklicherweise an uns vorübergegangen.

Lisa und ich ließen uns auf gar keine weiteren Diskussionen mit Etna ein, denn wir hatten Besseres zu tun: Im Laufschritt ging's weiter zum Duschraum. Er war leer. Nur einige Flaschen mit Duschgel und ein paar Bademäntel wiesen darauf hin, dass Lisa und Marie heute im Schwimmbad nicht die einzigen weiblichen Wesen waren. Übermütig drehte Marie gleich fünf Duschen hintereinander auf und die beiden Mädchen sprangen zwischen den warmen Wasserstrahlen hin und her.

»Ich glaub, die fünf Minuten sind um«, sagte Lisa zu Marie schließlich.

»Glaube ich auch«, antwortete Marie atemlos und strich sich eine nasse Haarsträhne aus der Stirn.

So tapsten beide barfuß und erwartungsvoll zu dem riesigen Bademeister zurück. Der hatte es sich derweil in einem Stuhl bequem gemacht und beobachtete das Geschehen im Pool, in dem Männer und Frauen und Jungs und Mädchen ihre Kreise oder Bahnen zogen.

»Habt ihr euch auch anständig gewaschen?«, dröhnte die Stimme des Riesen.

Lisa und Marie wechselten einen kurzen, schuldbewussten Blick. Gewaschen? Von Waschen war nicht die Rede gewesen, nur von Duschen. Ich bin Zeugin, hab es genau gehört.

»Hat's euch jetzt die Sprache verschlagen, oder was? Nicht so schüchtern, wenn ich bitten darf. Na, wenigstens seid ihr nass, dann kann's ja losgehen. Also, passt auf, dieses große Schwimmbecken ist unterschiedlich tief, klar? Das kleinere, abgesperrte Feld bis zu der roten Leine da drüben, das ist das Nichtschwimmerbecken. Da könnt ihr drin stehen.«

Wir waren doch nicht hier, um im Wasser herumzuste-
hen. Wir wollten schwimmen! Etna und ich konnten ewig
die Luft anhalten, wie wir aus der heimischen Badewanne
wussten. Nichts stand also Lisas Konzentration auf das
Schwimmenlernen im Wege.

»Ihr verlasst das Nichtschwimmerbecken nicht, bis ich
es euch erlaube, habt ihr das verstanden?«, fragte der Riese
drohend.

Lisa und Marie nicken. Lisa schaute sehnsüchtig auf das
viel größere Becken rüber, in dem sich auch ein paar Kinder tummelten. Ältere Kinder, aber eben andere Kinder
zum Spielen, vielleicht.

»Wann können wir denn in das große Becken?«, fragte
Lisa hoffnungsvoll.

»Oho, da will jemand hoch hinaus, ich merk schon«,
sagte der Riese. »Aber Schluss jetzt, ab ins Wasser mit
euch!«

Beide Mädchen liefen auf die Stufen ins Nichtschwimmerbecken zu. Lisa steckte vorsichtig den großen Zeh ins
Wasser, um die Temperatur zu prüfen.

»Igitt, das ist ja eiskalt!«, rief sie.

Marie tat es ihr nach. »Puh, eiskalt vielleicht nicht, aber
kalt, echt kalt!«

»Frostbeulen, ihr zwei, was?«, grölte der Bademeister.
»Macht keine Faxen, hopp, hopp, rein ins frische Nass.«

Bibbernd standen sie nun im Pool. Auch ich bekam eine
picklige Gänsehaut. Bevor ich jemals in irgendein Wachs-
tumsstadium kommen sollte, würde ich höchstwahrscheinlich den Nichtschwimmerbeckenerfrierungstod sterben
und sang- und klanglos dunkellila gefroren abfallen. Neben
mir japste Etna verzweifelt vor sich hin, bevor sie frierend
in eine Art Schicksalsergebenheitsstarre sank.

»Als Erstes üben wir das Gleiten«, vernahmen die

Mädchen von dem Riesen am Beckenrand. »Ihr stoßt euch mit den Füßen ab, streckt die Arme nach vorne, Gesicht flach aufs Wasser, und lasst euch einfach gleiten. Lisa zuerst.«

Lisa streckte die Arme vor und ließ sich gleiten.

Lisa ging unter wie ein Stein.

Marie zog sie an einem Badeanzugträger wieder an die Wasseroberfläche. Nachdem Lisa das Wasser aus ihrem Mund ausgespuckt hatte, funkelte sie den Bademeister böse an.

»Das funktioniert nicht. Kann ja auch gar nicht. Ich bin ja kein Fisch, oder?«

»Nun werd hier mal nicht frech, kleine Dame. Du hast dich mit den Füßen nicht richtig abgestoßen. Gleich noch mal, du auch Marie.«

Nach wie vor war ein Fehler im System. Marie und Lisa husteten abwechselnd und verzogen dabei angeekelt das Gesicht, weil Chlorwasser ganz offensichtlich nicht gerade zur Kategorie köstlicher Delikatessen gehörte.

»Meine Augen brennen«, jammerte Marie. Sie schaute Lisa forschend ins Gesicht. »Deine auch?«

Lisa nickte. »Und wie! Uns brennen die Augen!«, rief sie dem Bademeister mutig zu und zog dabei einen beleidigten Flunsch.

»Das ist nur das Chlor. Daran gewöhnt ihr euch schon. Ein bisschen Brennen hat noch keinem geschadet. Irgendwie müssen wir ja die Bakterien im Wasser abtöten«, antwortete der Muskelmann lachend.

Sehr witzig. Chlor also. Bakterientöter, Augenreizer, Alleskiller. Ich könnte wetten, dass wir am Ende der Stunde völlig keimfrei sein würden. Wahrscheinlich zog Chlor auch noch das Fett aus den Poren und wir würden Hautabpellungen bekommen, vielleicht sogar eine Ganzkörperabschuppung wie die Schlangen. Dazu Kaninchenaugen und aufgeweichte Hände, Füße und – Nippelchen.

Na bravo. In unserem Alter durften wir noch keine Gruselfilme sehen, uns aber ruhig selbst in einen Chlorwasserzombie verwandeln.

»Weiterüben, weiterüben, nicht nachlassen«, feuerte der Frankenstein-Schwimmlehrer die Mädchen grinsend an. »Konzentriert euch und macht keinen Unsinn. Kopf aufs Wasser, Arme nach vorne und mit den Füßen abstoßen.«

Ein Telefon klingelte, und der Bademeister ging in seine Beobachtungskabine, um das Gespräch entgegenzunehmen.

»Er ist weg. Los, ich brauche eine Pause«, japste Lisa und bedeutete Marie, mit ihr zum Beckenrand zu kommen.

Dort hüpften sie von einem Fuß auf den anderen, damit ihre geschundenen Körper nicht noch kälter wurden. Plötzlich kam aus Richtung der Duschräume eine ganze Gruppe von Jungs und Mädchen, die schon schrecklich alt waren, bestimmt sechzehn oder siebzehn oder so. Die Mädchen kicherten und trugen allesamt Bikinis in leuchtenden Farben und mit frechen Mustern. Sie hatten alle richtige runde Titten, die besonders gut zur Geltung kamen, weil die Bikinioberteile weit ausgeschnitten waren und unter dem Bikinioberteil nackte Haut, der entblößte Bauch, zu sehen war.

Die Jungs dagegen mit ihren mageren Hühnerbrüsten beeindruckten mich weniger. Sahen doch die meisten aus wie Spargeltarzane mit weiten, wehenden Badehosen, die größtenteils bis hinunter zu den spitzen Knien flatterten. Außerdem konnte ich selbst aus der Entfernung erkennen, dass die meisten der Jungs pickelten. Eine Pustel jagte die andere, ein Aknekrater hing am nächsten. Eklig, einfach eklig.

»Platsch«, machte es unweit von Lisas und Maries Köpfen, jenseits der Absperrungsleine.

Einer der Jungen hatte Anlauf genommen, war hochgesprungen und mit angezogenen Knien ins Wasser geklatscht.

»Ey, Alter, geil, mach noch 'ne Bombe«, ermunterte ihn einer seiner Kumpel.

»Bombe heißt dieser dämliche Sprung also«, wisperte Marie in Lisas Ohr.

Nun sprangen gleich zwei Jungs gleichzeitig eine Bombe, während ein dritter versuchte, die Mädchen ins Wasser zu schubsen. Eine ältere Frau kreischte, als neben ihr auf einmal eine Bikinischönheit in ihre Schwimmbahn flog.

Zwei der Mädchen standen noch am Poolrand, unterhielten sich und machten vorerst keine Anstalten, die Leiter hinabzusteigen oder einen Sprung zu wagen. Lisa und Marie beobachteten, wie sich ein paar der Jungen zusammenrotteten und etwas ausheckten. Sie spitzten die Ohren, um mitzubekommen, was die Jungs vorhatten. Noch mehr Wasserbomben?

»Die beiden da, die greifen wir uns«, sagte einer der Burschen und machte eine Kopfbewegung in Richtung der nach wie vor ins Gespräch vertieften Mädchen.

»Es muss aber alles ganz schnell gehen, sonst kriegen wir die Dinger bestimmt nicht zu sehen.«

Was für Dinger?

Ein anderer flüsterte: »Klar kriegen wir die zu sehen. Mal sehen, wer von den beiden die größeren Glocken hat.«

Glocken?

Glocken gab's doch nur zur Weihnachtszeit. Oder sonntags in der Kirche. Bim bam, bim bam, machten die. Hier war vom Läuten doch gar nichts zu hören.

Der erste Junge antwortete: »Bestimmt sind die von Janet größer. Die hat doch 'n Paar Kokosnüsse so dick wie Medizinbälle.«

Kokosnüsse? Solche, die auf Palmen wuchsen?

Medizinbälle? War denn gleich Turnstunde?

Merkwürdig. Ich konnte mir das alles nicht recht zusammenreimen. Auch Lisa und Marie tauschten verwirrte Blicke.

»Lucies Vorbau ist aber auch nicht von schlechten Eltern«, mischte sich ein weiterer Pickeltyp ein. »Ballons vom Feinsten, was?«

Ballons?

Mir schwante allmählich Übles, wenn nicht gar Übelstes, denn die Blicke der Jungen saugten sich geradezu an den Bikinioberteilen der Mädchen fest.

»Los jetzt, ran an die Quarktaschen! Ihr haltet die Girls fest, dann kann ich ihnen hinten den Bikiniverschluss aufmachen«, bestimmte der Anführer der Truppe.

Quarktaschen! Da hatten wir also den Salat. Diese Idioten sprachen also wirklich die ganze Zeit von den Titten der Mädchen.

O Gott, und nun planten sie einen Großangriff und wollten tatsächlich die Bikinioberteile öffnen. Wenn das geschah, dann würden meine unbekannten Schwestern aus dem Bikini herausfallen.

Wollten sie das überhaupt?

Wenn sie wirklich wollten, dass die Jungs sie anguckten, dann würden sie doch nackt sein und keine Bikinioberteile tragen, oder?

Oder nicht?

Die Jungs kletterten aus dem Wasser und pirschten sich an die Mädchen heran.

Lisa und Marie schauten sich hilflos um. Merkte denn hier niemand, dass die Jungs eine Gemeinheit vorhatten? Ein Tittenattentat?

Auf ein Zeichen des Anführers rannten die drei Jungs

gleichzeitig auf die Mädchen zu. Die kreischten auf und stoben gackernd auseinander. Eine rettete sich mit einem Kopfsprung in das Schwimmbecken, die andere wurde von den Jungen gehetzt.

Ehrlich gesagt, ich würde ja auch gerne mal meine Schwestern unbekleidet sehen, aber was die Jungen hier taten, würde mir im Traume nicht einfallen. Die schreckten nicht mal vor Gewalt zurück. Sehr deprimierend.

Jetzt hatte einer der Kerle die hübsche Blondine erwischt, die sich kreischend in seinen Armen wand. Ich hielt die Luft an.

»Was zum Donnerwetter ist denn hier los?«, brüllte der Bademeister, der endlich sein Telefongespräch beendet hatte. Er ließ einen grellen Pfiff aus seiner Trillerpfeife ertönen. »Gib das Mädel frei. Und hier wird weder gerannt noch von der Seite ins Becken gesprungen, ist das klar? Sonst werdet ihr mich kennen lernen!«

»Das war knapp«, wisperte Marie.

»Haarscharf«, flüsterte Lisa zurück.

»Und wer klappert hier mit den Zähnen?« Der Riese wandte sich an Lisa und Marie. »Ihr kleinen Faulpelze! Bewegung, Bewegung, schlagt keine Wurzeln. Zeigt mal, was ihr schon könnt.«

Lisa seufzte, legte das Gesicht aufs Wasser und ließ sich gleiten. Marie tat es ihr nach. Nach weiteren zehn Minuten, in denen der Riese die beiden dazu brachte, ihre Gleitstrecke fast zu verdoppeln, hatte er endlich ein Einsehen.

»Schluss für heute! Nächste Woche kommt ihr wieder, pünktlich, und dann zeige ich euch, wie Brustschwimmen geht.«

Brustschwimmen? Ging das denn überhaupt, wenn man so klein war wie ich? Oder würde die arme Lisa absaufen, weil Etna und ich nicht rund genug waren, um sie oben zu halten? Na, erst mal jedenfalls nichts wie weg hier.

»Ich will eine heiße Dusche«, jammerte Marie.

»Ich auch«, stimmte Lisa ein. »Du hast ja so blaue Lippen, als hättest du Blaubeeren gegessen.«

Während Marie bibbernd neben Lisa zu den Duschen ging, blickte sie ihr ins Gesicht. »Deine Lippen sind blauer als blau. Dunkelschwarzblau. Und deine Augen sind knallrot wie Tomaten.«

»Und brennen tun sie inzwischen noch mehr, wie Feuer. Ich sag dir eines, wir müssen uns was einfallen lassen, sonst schicken uns unsere Mütter jetzt jede Woche hierher und wir sehen dann regelmäßig aus wie Monster.«

»Furchtbar. Ich will hier nie wieder her.«

»Nein, nie wieder. Und die ganze Aufregung mit diesen blöden Jungs! Es war schrecklich«, fasste Lisa zusammen.

Zitternd liefen sie in den Duschraum, der von heißem Wasserdampf erfüllt war. Über die Hälfte der Duschen waren in Betrieb. Und unter den brausenden Duschköpfen standen Lisas und Maries erwachsenere Geschlechtsgenossinnen.

Ohne Badeanzüge.

Ohne Bikinis.

Allesamt splitterfasernackt!

Lisa schaute verwirrt auf ihre Zehen und nestelte an ihrem kalten Badeanzug herum. Während sie sich auszog, riskierte ich schon mal einen vorsichtigen Blick.

Überall herrliche Titten!

Ein Raum voller Schwestern!

Gegenüber duschte das Mädchen, das von den Jungen eingefangen worden war.

Von wegen Ballons und Medizinbälle, eine Frechheit von den Jungs. »Wie reife Pfirsiche«, entfuhr es mir. Im

Grunde war das hier ein Garten Eden mit einem ganzen Fruchtcocktail.

Da gab es große, schwere, melonenförmige Brüste.

Und vorwitzige, kecke, ganz wie die knackigen Äpfelchen, die Lisas Mutter immer für die Pause in die Schultasche packte.

Ganz links lief Wasser über zwei runde, symmetrische Brüste: Pampelmusentitten.

Und die jüngeren Schwestern? Aha, die variierten. Von der niedlichen Kirschgröße über das etwas prallere Erdbeerformat bis hin zu reiferen Aprikosenrundungen.

Auch die Pünktchen in der Mitte der Titten waren von unterschiedlichster Farbe und Ausprägung! Einige guckten fast groß und staunend in die Welt, andere wirkten eher frech und schnippisch.

Eine Schwester schielte sogar ein wenig.

Reizend, so ein Silberblick.

Mehrere hatten so ein hellrosa Köpfchen wie ich, die meisten präsentierten sich eher milchkaffeefarben, wenige in Purpurrot. Das konnte aber auch von dem heißen Wasser kommen, überlegte ich.

Lisa und Marie bemühten sich, ihre Studien so unauffällig wie möglich zu betreiben. Ihre anfängliche Scham verschwand schnell, weil sich keine der Frauen etwas daraus zu machen schien, gemeinsam mit zwei kleinen, neugierigen Mädchen das warme Wasser zu genießen.

Schließlich war das letzte Schaumbläschen abgeduscht. Schade, schade. Heute hätte ich stundenlang duschen mögen. Trotzdem glücklich und voll herrlichster Bilder verabschiedete ich mich gedanklich von den vielen großen Schwestertitten.

Lisa huschte schnell die paar Schritte bis zu dem Schrank mit den Taschen. Sie zog die Handtücher heraus, und reichte eines ihrer Freundin Marie. Im Nu waren die beiden angezogen und liefen in die Halle des Schwimmbades, um dort Maries Mutter zu treffen.

»Sie ist noch nicht da«, erklärte Marie nach einem suchenden Blick. »Hier, Lisa, sie hat mir Geld mitgegeben, weil sie wusste, dass es einen Kakaoautomaten gibt. Lass uns etwas Heißes trinken, ich hab genug Münzen für uns beide.«

Sie fanden den Automaten und freuten sich über diese gute Idee von Maries Mutter, die immer zu wissen schien, wie man sich mit leckerem Essen und Trinken das Leben ein wenig angenehmer machen konnte.

Mit ihren Plastikbechern und dem duftenden Kakao ließen sie sich auf einer Sitzbank nieder.

»Meine Finger sind noch ganz schrumplig«, sagte Lisa und hielt ihre linke, freie Hand demonstrativ in die Höhe.

»Meine auch. Dafür werden deine Lippen langsam wieder normal. Sah auch zu komisch aus, als die so blau waren.« Marie nahm vorsichtig einen Schluck heißen Kakao.

»Na ja, alles in allem war es doch nicht so schlecht«, sagte Lisa vergnügt und kicherte. »Was meinst du, sollen wir nächste Woche wiederkommen?«

Marie fiel in Lisas Kichern ein. »Wahrscheinlich sollten wir schon wiederkommen. Immerhin sind wir bereits acht Jahre alt. Meine Mutter meint, je jünger man ist, desto leichter fällt es einem. Ich glaube, sie kann bis heute nicht richtig schwimmen. Besser, wir lernen es jetzt.«

Wenn das mal gut ging. Ich würde mich zu Hause noch mal mit Lisa über die Frage beraten, ob man überhaupt ohne runde Titten im Wasser auf Dauer oben bleiben würde. Andererseits, Männer gingen ja auch nicht unter. Aber vielleicht hatten die irgendwo anders auftreibende Schwimmkörper versteckt, wer weiß?

»In der Dusche ...«, begann Lisa zögernd.

»Ja, das war was, oder?« Marie grinste vertraulich.

»Sie sind alle so unterschiedlich.«

»Manche Titten scheinen zu stehen, andere zu hängen, was?«, sinnierte Marie.

»Ja, und die Formen sind unterschiedlich. Und die Größe und die Farbe der Pünktchen in der Mitte.«

»Stimmt. Aber die sahen alle nett aus, findest du nicht auch?«

Lisa nickte eifrig. »Ja. Fand ich auch. Alle waren auf ihre Art schön, richtig schön. Ich weiß jetzt gar nicht, wie ich mir meine Titten vorstellen soll. Ich weiß wirklich nicht, was ich mir für meine Titten wünschen soll.«

Ausgerechnet in diesem Moment erwachte meine Zwillingsschwester Etna. »Wünschen?«, krähte sie. »Ich weiß, was ich mir wünsche!«

»Und was?«, fragte ich skeptisch.

»Ich wünsche mir einen Bikini. Einen Bikini mit Leopardenmuster«, antwortete Etna.

Aufklärung

Endlich kommt die U-Bahn. Wurde auch Zeit! In den letzten Minuten konnte Lisa nämlich wegen der Menschenmengen auf dem Bahnsteig keine Tigerlinien mehr laufen und hatte sich aufs Hin-und-her-Wippen verlegt. Und wer musste wohl hilflos mitwippen? Etna und ich, natürlich. Gut, dass wir Titten morgens keinen Kaffee zu uns nehmen. Der wäre mir bei der ganzen Wipperei bestimmt in hohem Bogen wieder herausgekommen.

Lisa steigt in den Zug ein und setzt sich ans Fenster. Unkonzentriert schaut sie hinaus. Ich weiß genau, woran sie denkt, und ich spreche sie jetzt lieber nicht an.

Uns gegenüber nimmt ein kleines Mädchen Platz. Sie trägt ihr Haar zu einem fröhlichen Pferdeschwanz gebunden. An der Seite sind die zu kurzen Strähnen mit kleinen Micky-Maus-Spangen festgesteckt. Sie muss wohl acht oder neun Jahre alt sein. Ja, ich war auch in diesem Alter, als ich die wahren Hintergründe über die mysteriösen weiblichen Kurven kennen lernte ...

Es war nicht so, dass Lisas Mama sich nicht bemüht hätte, Lisa reinen Wein über die natürlichsten Dinge der Welt einzuschenken. Aber sie war meist sehr beschäftigt und ansonsten pädagogisch angestrengt, vielleicht sogar überfordert, und vor allem – diese Themen schienen ihr ein gewisses Unbehagen zu bereiten. Nichtsdestotrotz war Lisas Neugier kaum zu zügeln. Regelmäßig attackierte sie die Mama, um ihren Wissensdurst zu stillen.

Mama hatte Lisa gerade eine kleine Gutenachtgeschichte vorgelesen, als Lisa nicht mehr an sich halten konnte. »Mama«, fragte sie, »Mama, wo kommen die Babys her?«

»Was für eine Frage so kurz vorm Schlafengehen.«

»Sonst bist du ja immer so beschäftigt, Mama.«

»Wir haben doch aber schon mal darüber gesprochen, Lisa.«

»Hm, ja«, Lisa dachte angestrengt nach. »Ich glaube, ich hab's vergessen. Oder ich habe es nicht richtig verstanden. Weiß nicht mehr. Jedenfalls, wo kommen sie denn nun her?«

»Die Babys?« Mama räusperte sich und schaute sich um.

Pech gehabt, Mama, das Sandmännchen war noch nicht da.

»Ja, Mama, die Babys. Marie hat gesagt, ihre Oma erzählt ihr immer was vom Klapperstorch. Aber Marie sagt auch, das mit dem Klapperstorch wäre Quatsch. Alles erfunden, ein Märchen.«

»Das hat die Marie also gesagt, ja?«

Wenn mich hier nicht alles täuschte, versuchte Mama, Zeit zu gewinnen. Sie würde jetzt bestimmt lieber in ihrer Firma Nachtschicht schieben.

Lisa setzte sich im Bett auf. Sie war hellwach und nun noch erwartungsvoller. »An den Klapperstorch habe ich noch nie geglaubt, Mama. Ich habe noch nie einen gesehen, aber überall sind Babys. Also, wo kommen sie her?«

Mama atmete tief durch. »Aus dem Bauch. Babys kommen aus dem Bauch.«

Lisa starrte Mama an, starrte dann ihren Bauch an und prustete los. »Ach Mama, du bist zu lustig. Nein, sag mal ehrlich.«

Gequält verzog Mama das Gesicht. »Ich weiß, Lisa, es klingt unglaublich. Aber so ist das nun mal. Die Babys kommen aus dem Bauch von Frauen.«

Ich musste Lisas Mama zustimmen. Es klang sogar mehr als unglaublich, es war schier unvorstellbar. Wie bekam man die Babys denn da raus? Durch den Bauchnabel konnten sie bestimmt nicht krabbeln, dafür war der ja viel zu winzig. Wahrscheinlich mussten sich alle Frauen den Bauch aufschneiden lassen! Grauenhaft!

Wer so etwas wohl machte? Der Fleischer von nebenan? Wahrscheinlich. Seine Messer waren wahnsinnig scharf und er konnte ein Schnitzel mit einem Streich in zwei Teile schneiden. Ein Schnitt und der Weg wäre frei fürs Baby.

Und danach? Wer machte den Frauenbauch wieder zu? Der Schneider? Mit Nadel und Faden könnte der sicherlich eine saubere Naht zaubern. Möglichst nicht im Kreuzstich, das würde nachher blöd aussehen.

Lisa aber beschäftigte etwas anderes. »Aus dem Bauch also, hm. Nur, Mama, wie kommen sie denn da hinein?«

Gute Frage, Lisa. Mal ganz von Anfang an. Wie kann sich so ein Baby klammheimlich in einen Frauenbauch schleichen?

»Wenn Mama und Papa sich ganz, ganz lieb haben«, quetschte Mama hervor.

Lisa überlegte. »Nee, versteh ich nicht!«

»Babys entstehen, wenn Mama und Papa sich ganz lieb haben.«

Moment, Moment, da waren wir eben schon. Wo ist sie,

die neue Information, der Augenöffner, der Durchbruch in diesem ganzen Babyschlamassel?

Lisa versuchte, ihrer offenbar verwirrten Mama auf die Sprünge zu helfen. »Du hast den Papa lieb, oder?«

»Ja natürlich, das weißt du doch«, antwortete Mama.

Ich konnte sehen, dass ihr linkes Augenlid zuckte. Da, da, es zuckte noch mal und die Wimpern flatterten dazu.

Unbeirrt machte Lisa weiter: »Und der Papa hat dich lieb, nicht?«

Mama nickte.

»Und weil ihr euch lieb habt, ist ein Baby entstanden?«

»Genau. Du! Unsere kleine Lisa. Und wir haben dich beide ganz, ganz lieb. So, nun ist aber Schlafenszeit.«

Lisa schüttelte unwillig den Kopf. »Nicht bevor du mir erklärt hast, wie ich in deinen Bauch hineingekommen bin.«

»Äh«, druckste Lisas Mama herum. »Ich kann dir morgen ein Buch darüber kaufen. Was hältst du davon?«

»Nichts, wozu auch? Du weißt doch bestimmt, wie ich in deinen Bauch gekommen bin.«

Ich war sehr stolz auf Lisa. Sie war manchmal so logisch und schaffte es des Öfteren, ihre Eltern damit aus dem Konzept zu bringen. Mama sah jedenfalls aus, als würde sie sich am liebsten auf der Stelle in Luft auflösen. Am Hals bildeten sich hektische rote Flecken und ihre Finger hatte sie fest ineinander verknotet.

»Dein Papa, dein Papa hat mir Spermien gegeben«, platzte Mama heraus.

»Spermien?«

»Spermien!«

»Was sind Spermien?«

Genau, was sind Spermien? Blumen? So was wie unsere Balkongeranien, nur in einer anderen Farbe? Oder ein schönes Parfüm vielleicht, eines, das Lisas Mama immer so gut duften ließ? Oder etwas Süßes? Ja, etwas Süßes, ganz sicher etwas Süßes, denn Süßigkeiten machten dick. Einen dicken Babybauch, oder?

»Was sind Spermien, ja, was sind Spermien?«, murmelte die Mama vor sich hin. Sie sprang auf und riss Lisas Malblock aus dem Regal. Mit einem Filzstift zeichnete sie hektisch etwas auf und hielt das Ergebnis ihrer Tochter vor die Nase.

»Das sind Spermien? Sehen aus wie Kaulquappen!«

Lisa kannte Kaulquappen aus dem Biologieunterricht.

»Es sind keine Kaulquappen, sondern Spermien«, wiederholte Mama entnervt.

»Na ja, sonst wäre ich wohl auch ein Frosch geworden.« Lisa schaute wenig begeistert auf Mamas Kunstwerk. »Was hast du denn mit den Spermien-Dingern gemacht, Mama?«

Mama krakelte noch mehr Spermien. Inzwischen hatten wir einen ganzen Spermienwald auf dem Block. Sie kreiste eine der Kaulquappen ein. »Ein Spermium ist mit einem Ei verschmolzen. Daraus wachsen dann die Babys.«

»Ach? Du hast also ein Frühstücksei gegessen und so ein Spermium draufgetan? Dann ist das alles zusammen im Bauch gelandet, verstehe!«

»Nein, nicht ganz.« Mama wand sich und malte vor lauter Anspannung noch mehr Spermien. »Das Ei war schon in meinem Bauch.«

»Das Frühstücksei?«

»Das Frühstücksei kommt von einem Huhn.«

»Ja, und?«

Ein Seufzen entrang sich Mamas Brust. »Lisa, ich rede nicht von einem Hühnerei, sondern von einem Menschenei.«

»Nee, Mama, jetzt redest du aber Unsinn. Menschen legen keine Eier.«

Blitzgescheit, mein Mädel. Ei, ei, ei, wo ist sie, die Wahrheit? Los Mama, raus mit der Sprache!

»Es ist so: Frauen haben Eier im Bauch. Sie legen sie nicht. Frauen sind ja keine Hühner. Trotzdem haben sie jeden Monat ein Ei im Bauch.«

Mama zerriss die paar Dutzend Spermien und malte auf ein neues Blatt einen runden Kreis. »Das hier ist ein Ei, ein Menschenei, ja?«

»Wenn du das sagst«, antwortete Lisa skeptisch.

Mit Mamas Maltalent war es aber nicht weit her, fand ich. Ein Ei war schließlich oval. Deshalb musste Lisa auch in der ersten Klasse immer Eier malen, bevor die Lehrerin verriet, dass es sich eigentlich doch nicht um Ostereier handelte, April, April, haha, haha, sondern um einen Buchstaben: das »O« nämlich. Und Eier und O's waren aber oval und nicht rund. Mamas Ei hier auf dem Block jedoch war rund, kugelrund. Total aus der Form geraten.

»Das ist also das Ei. Und das hier ist ein Spermium. Wenn dieses Spermium sich in das Ei bohrt, dann ist das Ei befruchtet und daraus wächst dann ein Baby heran.« Erleichtert ließ Mama den Stift sinken.

Ich überlegte. Etwas fehlte in dieser Gedankenkette. Auch Lisa dachte fieberhaft nach. Ihr Gesicht erhellte sich.

»Eine Frage habe ich noch, Mama. Wie kamen denn die Spermien in deinen Bauch?«

Mama rang nach Luft. Erst wurde sie rosa, dann rot, dann kalkweiß. Zwischen unwillig zusammengepressten Lippen quetschte sie schließlich hervor: »Weißt du, das kannst du morgen deinen Vater fragen!«

Sie drückte Lisa einen Kuss auf die Stirn und stand

schnell auf. Während sie das Licht löschte, murmelte sie vor sich hin: »Soll der doch auch mal was tun. Waren ja schließlich seine Spermien.«

Normalerweise dachte Lisa morgens an die Schulstunden, die sie erwarteten. Sie überlegte, ob sie ihre Turnsachen brauchte oder ihr Zeichenzeug oder auch, ob sie ihre Brote für die Pause eingepackt hatte. Ansonsten träumte sie beim Frühstück vor sich hin und genoss es, sich langsam in den Tag hineinziehen zu lassen. Das wäre auch an diesem Tag so gewesen, wenn nicht, ja, wenn es nicht ein Mittwoch gewesen wäre. Am Sonntag und am Mittwoch gab es nämlich stets für jeden ein weich gekochtes Frühstücksei. Prompt fiel Lisa ihr Gespräch mit Mama vom Vorabend wieder ein.

Sie musterte ihren Vater. Gut sah er aus in dem schicken Anzug mit der dezenten Krawatte. Wie ein echter Kavalier. Und was tat ein Kavalier, der seine Frau liebte? Wie war das noch mal? Ach ja, er gab ihr Spermien!

»Papa, darf ich dich was fragen?«, begann Lisa.

Er ließ die Zeitung sinken. »Natürlich, meine Kleine, was gibt's denn?«

»Mama hat mir das gestern mit den Babys erklärt.«

Papa räusperte sich. »Ach ja? Gut, gut, du bist jetzt wohl in dem Alter, wo du so was wissen solltest.«

»Genau!« Lisa nickte voller Ernst. »Nur, eines hab ich nicht verstanden.«

»Ich weiß nicht, ob ich dir da helfen kann, mein Schatz.«

Kam es mir nur so vor oder wollte sich hier mal wieder ein Erwachsener aus der Affäre ziehen?

»Bestimmt kannst du mir helfen.«

»Weißt du, Lisa, das ist eigentlich eine Sache, die ihr unter euch Frauen besprechen solltet.«

»Nur nicht das, was ich nicht verstanden habe. Weil es dich betrifft, sagt Mama.«

»So, so«, murmelte Papa und köpfte sein Frühstücksei. Er streute viel zu viel Salz darauf und nahm unkonzentriert den ersten Happen.

Lisa beobachtete ihn und fragte nun, ganz freundlicher Guten-Morgen-Sonnenschein: »Folgendes hab ich nicht verstanden, Papa: Wie kamen deine Spermien zu Mamas Ei in ihren Bauch?«

Papas Löffel fiel mit lautem Knall auf das teure Frühstücksporzellan. Ich konnte in seinem offenen Mund noch ein Stück Eiweiß sehen. Es lag ganz hinten auf der Zunge. Ein wenig glibberig sah es aus und noch nicht ausreichend zerkleinert.

Er starrte Lisa einen Moment lang an. Dann stand er ruckartig auf. »Ich hab ganz vergessen, ich muss heute früher ins Büro«, sagte er hustend.

Wahrscheinlich hatte er sich an dem unzerkauten Stück Eiweiß verschluckt.

Papa griff seine Aktentasche und die Zeitung. Kurz winkte er Lisa zu und auch Mama, die gerade mit frisch aufgebrühtem Kaffee aus der Küche kam.

»Aber ...«, rief Lisa.

»Muss weg«, rief Papa über die Schulter zurück.

»Aber, Papa, so warte doch!«, rief Lisa.

»Was ...?«, fragte die Mama und ließ ziemlich perplex die Kaffeekanne sinken.

»Komisch. Ich wollte ihm doch nur sagen, dass er seine Serviette noch im Hosenbund stecken hat«, sagte Lisa und blickte Papa nachdenklich hinterher.

Lisas Eltern waren fortan immer sehr, sehr beschäftigt, wenn ihre Tochter über die Liebe zwischen Mama und Papa reden wollte. Fast hatte Lisa die geheimnisvollen Aktivitäten der Spermien wieder vergessen, als ein neues Schuljahr anfing.

Der Biologielehrer stürmte gleich in der ersten Stunde mit zwei großen Packpapierrollen in die Klasse. Er war ein fröhlicher Mann, der mit der gleichen Begeisterung von Tulpen und Schmetterlingen schwärmte, wie von den Verdauungsprozessen der Würgeschlangen.

»Wir haben ein neues Thema, Kinder«, erklärte er munter. »In den nächsten Wochen werden wir uns weder mit Pflanzen noch mit Tieren beschäftigen. Sondern mit uns Menschen, was haltet ihr davon?«

Von hinten flog ein Papierflieger ganz durch den Klassenraum und landete schließlich an der Tafel, wo er abstürzte. Einige Schüler waren noch mit der Fortsetzung ihrer Privatgespräche beschäftigt. Niemand schien die Ankündigung des Biolehrers besonders spannend zu finden.

Der warf den Papierflieger in den Papierkorb und schrieb mit einem Stück Kreide ein Wort an die Tafel. Dann las er laut vor: »SEXUALKUNDE.«

Alle Gespräche verstummten.

»Na, schon interessanter, was?« Der Lehrer grinste. »So, ich will, dass ihr euch jetzt alle beteiligt. Keine falsche Scham, es ist alles ganz natürlich. Also: Was wisst ihr schon über Männer, über Frauen, über die Körper, über die Unterschiede und über Sex?«

Lisa und Marie guckten sich kurz an und mussten kichern.

»Los, wer fängt an?«, forderte der Lehrer nochmals auf.

Endlich wurden die ersten Stimmen laut.

»Männer haben einen Pimmel!«

Diesem Kommentar folgte ein hysterischer Gluckser aus der vorletzten Reihe.

»’nen Pimmel und so zwei Dinger unten dran.«

»Den Pimmel nennen wir fortan Penis«, erklärte der Lehrer. »Ihr werdet viele Wörter dafür hören, aber Penis ist der korrekte Ausdruck. Was sind das für zwei Dinger unten am Penis?«

»Na, Titten.«

»Quatsch, Frauen haben Titten, wie die Ruth.«

Alle starrten Ruth an, die prompt knallrot wurde.

Ruth hatte es erstaunlicherweise bereits geschafft. Wo Lisa und Marie und die meisten anderen Mädchen kleine Klingelknöpfchen mit sich herumtrugen, zeigten sich bei Ruth bereits Rundungen.

»Kennt ihr noch ein anderes Wort für Titten?«

Marie meldete sich. »Brüste.«

»Richtig.«

Nun wagte sich auch Lisa vor. »Busen.«

»Stimmt ebenfalls. Ebenso wie die Tatsache, dass nur Frauen einen Busen bekommen. Der Busen entwickelt sich in der Pubertät. Wie sich auch viele andere Dinge des Körpers in der Pubertät verändern.«

Quatsch jetzt nicht von anderen Dingen, erzähl mir endlich was Konkretes über meine Zukunft.

Wird sie rosig sein?

Werde ich bald wachsen?

Was werde ich tun, wenn ich groß bin?

»Lisa, hilf. Frag doch was über Titten«, forderte ich sie auf.

Sie straffte sich. »Wann ist denn Pubertät?«, fragte sie schließlich zögernd.

»Nun, das ist individuell verschieden. Manch einer kommt früher in diese Entwicklungsphase, andere erst später. Es kann mit elf losgehen oder aber erst mit vierzehn oder fünfzehn Jahren. Die Pubertät dauert dann eine Weile, bis sich die Geschlechtsorgane entwickelt haben und die Fruchtbarkeit voll vorhanden ist.«

»Sind, sind«, stotterte Lisa, »sind Brüste denn Geschlechtsorgane?«

»Brüste sind sekundäre Geschlechtsorgane«, antwortete der Lehrer.

So war das also. Ich bin ein sekundäres Geschlechtsorgan. Stempel drauf, abgehakt. Der spinnt wohl. Das konnte einfach nicht alles sein.

»Die sekundären Geschlechtsorgane entwickeln sich ebenfalls in der Pubertät«, berichtete der Lehrer. »Wie auch der Stimmbruch bei Jungen zum Beispiel und das Wachstum von Brusthaaren bei Jungen. Und bei Jungen und Mädchen gleichermaßen das Wachstum von Achselhaaren und Schamhaaren.«

Herrje, wer interessierte sich denn hier für Haare? Lisas Papa hatte sogar welche in den Ohren und in der Nase. Sie waren einfach da, und es war doch vollkommen wurscht, wann sie gewachsen waren.

Der Lehrer schaute sich suchend um und griff dann nach seinen Packpapierrollen. »Ich glaube, ich werde jetzt mal diese Rollen auspacken und euch genau zeigen, wovon ich eigentlich rede.«

Er klebte den Anfang einer Rolle an die Tafel und ließ das Papier nach unten gleiten.

Sofort ging ein Raunen durch die Klasse. Einige Jungen pfiffen durch die Zähne.

Denn wir sahen, trara, trara: eine nackte Frau. Aufgemalt auf Packpapier und versehen mit allen Attributen, die Lisa und Marie und Etna und ich bereits vor einiger Zeit in den Duschräumen unseres Schwimmbades in Augenschein genommen hatten. Der Busen der Papierfrau war groß und rund.

Die zweite Rolle wurde angeklebt. Nun war es an den Mädchen, anerkennend zu pfeifen. Sie pfiffen aber nicht, sondern sie kicherten.

Lisa starrte dem Papiermann zwischen die Beine.

»Das ist er also«, flüsterte sie Marie aufgeregt ins Ohr.

»Wer?«, fragte die zurück.

»Der Penis.«

Marie nickte nur.

»Haben die tatsächlich alle so ein Ding?«, fragte Lisa.

»Wahrscheinlich. Sieht komisch aus.«

»Wie ein abgeschnittener Gartenschlauch«, kicherte Lisa.

»Und was hängt dahinter?«, fragte Marie, ebenfalls glucksend.

»Keine Ahnung. Mensch, wir können froh sein, Marie, dass wir Mädchen sind. So was da würde sich doch niemand freiwillig aussuchen!«

Der Lehrer klopfte auf sein Pult. »Nun beruhigt euch mal langsam wieder. Männer und Frauen sind eben verschieden und wir werden uns heute der Bezeichnung der äußerlich sichtbaren, körperlichen Merkmale widmen. In den nächsten Stunden lernt ihr dann alles über die einzelnen Funktionen der Geschlechtsorgane, Wissenswertes über die Fortpflanzung und auch einiges zur Empfängnisverhütung. Je eher ihr euch übrigens an den Gedanken gewöhnt, dass wir Teil der Natur sind und nichts peinlich ist, desto besser. Diese Kicherei ist wirklich unnötig.«

Lisa und Marie kicherten von der ersten bis zur letzten Stunde des Sexualkundeunterrichts.

Trotzdem paukten sie eifrig ein ganz neues Vokabular. Sie nannten es die Sex-Sprache. »Uterus« wurde genauso vertraut wie »Erektion«, »Ovulation« wurde ebenso gelernt wie »Ejakulation«, und »Placenta« wurde sauber unterschieden von »Prostata«.

Ich brauchte geschlagene sechs Wochen, bis ich alle Details in puncto Tittenentwicklung verdaut hatte. Ich würde mich nämlich nicht nur zu einem sekundären Geschlechtsorgan entwickeln, nein, weit gefehlt. Größer würde ich werden, rund würde ich werden, das war relativ leicht zu begreifen. Dann aber überraschte mich der Biologielehrer mit einer völlig unerwarteten Information.

»Während der Schwangerschaft«, so führte er aus, »wachsen in der Brust die Drüsen und die Milchgänge.«

Milchgänge?

Ich verstand nur Bahnhof.

War nun doch etwas dran an Lisas und Maries Theorie, dass Käsekuchen und Joghurt zum Wachstum der Titten beitrugen? Und jetzt auch noch Milch?

»Im fünften oder sechsten Schwangerschaftsmonat sind die Brüste dann in der Lage, Milch zu bilden. Ein paar Tage nach der Geburt ist die Milch da und wird vom Baby durch die Brustwarze eingesaugt.«

Ich war kurz vorm Titteninfarkt.

Auch Lisa war ganz aufgewühlt. Sie schaute kurz an sich herunter, wohl um sich vorzustellen, was sie da in der Bluse hatte. Zwei Brüstchen mit einem gewaltigen Zukunftspotenzial!

Ich wusste immer, wir Titten waren zu etwas Großem geboren. Es lebe der Sexualkundeunterricht!

Am Ende des Aufklärungskurses wollte Lisa ihre Eltern noch gern an ihren Unterrichtserlebnissen teilhaben lassen.

»Ich weiß gar nicht, warum ihr euch manchmal so komisch anstellt«, eröffnete sie das Gespräch, wieder mal am frühen Morgen und wie meistens blendender Laune.

»Wovon sprichst du?«, fragte Lisas Mama und betrachtete ihre Tochter aufmerksam.

»Von SEX!« Lisa ließ sich noch einen Löffel Honig mehr auf ihr Brötchen tropfen.

Ich genoss den Klang dieses Wortes. S-E-X. Ein guter Biologielehrer konnte schon einigen Verklemmtheiten entgegenwirken!

Hinter der Zeitung bewegte sich etwas. Papas Kopf tauchte auf. Drohend schaute er seiner kleinen, klugen Tochter in die Pupille.

»Nicht beim Frühstück!«, rief er schließlich und haute mit der Faust so kräftig auf den Tisch, dass Lisas Kakao überschwappte.

Die Mama kreischte erschrocken auf und tupfte sofort mit ihrer Serviette auf den Kakaoflecken herum.

»Ist ja schon gut«, sagte Lisa unbekümmert und biss herzhaft in ihr Honigbrötchen. »Übrigens, Papa, ich weiß es jetzt.«

Entnervt ließ er seine Zeitung nun ganz sinken.

»Was?«

Lisa leckte sich langsam und genüsslich den Honig von den Fingern. Dann lächelte sie ihren Papa fröhlich an.

»Na, ich weiß jetzt, wie du die Spermien in die Mama reingekriegt hast.«

Peinlichkeiten

Puh, mir ist heiß. Die vielen Leute in der U-Bahn, die schlechte Luft und, na ja, Lisas Nervosität, die sich wie ein heimtückischer Virus überträgt. Unaufhaltsam kriechen widerliche Aufgeregtheitsviren in Lisas Blutbahn und werden bis in die kleinsten Kapillargefäße gepumpt. Deshalb haben wir nun einen recht zittrigen Allgemeinzustand erreicht. Ich hasse solche Epidemien!

Das kleine Mädchen mit dem wippenden Pferdeschwanz ist gerade ausgestiegen. Ihren Platz hat eine alte Dame mit hellrot gefärbtem Haar eingenommen. Sie sieht aus wie viele ihrer Generationsgenossinnen in New York: eine Million Altersflecken auf den Händen, Arthritisfinger, welke Haut am Hals. Dafür ist ein Großteil ihres Gesichtes sauber hinter die Ohren gesteppt. Bei dieser Dame ist das Lifting so straff gelungen, dass ihr die Haut auf beiden Bäckchen reißen könnte, wenn sie sich zu einem Hauch Mimik entschließen sollte.

Lisa betrachtet irritiert das kläffende Bündel, das die alte Dame auf dem Schoß hat. Es ist ein Miniaturhund, der nur deshalb lebendig wirkt, weil ihm eine bläulich angelaufene Zunge aus dem Mund heraushängt und es von dieser Zunge tropft. Wahrscheinlich ist es das letzte bisschen Flüssigkeit, das der kleine Köter bei der Wärme hier noch in sich hat.

Die alte Dame streichelt mit verkrümmten Arthritisfingern ihren kleinen Liebling und stöhnt: »Eigentlich wollte ich ja heute gar nicht mehr rausgehen. Sie warnen schon im Fernsehen vor der Hitze und dem Smog.«

Lisa nickt höflich.

»Aber ich muss doch heute zur Fußpflege!«

Kaum zu fassen, eine alte Dame, getrieben von unaufschiebbaren Terminen. Können die Schrumpeln und Schwielen an den Füßen nicht noch ein paar Tage warten? Gemütlich zu Hause bei einem erfrischenden Fußbad mit sprudelnder Salzwassermineraltablette?

Der Hund schnauft unüberhörbar und lässt die Zunge noch weiter herausbaumeln.

»Hoffentlich macht mein Kreislauf das mit«, überlegt die alte Dame.

Hoffentlich macht der Kreislauf des Köters das mit. Sonst muss sie direkt nach der Fußpflege mit frisch abgehobelten Haxen zum Tierfriedhof.

»Sie sind ja noch so jung«, sagt sie zu Lisa. »Aber wenn erst mal die Hühneraugen anfangen, dann braucht man einfach die regelmäßige Fußpflege.«

Lisa ringt sich ein verständnisvolles Lächeln ab. Hühneraugen findet sie heute gar nicht aufregend.

Ich meinerseits bin wieder einmal froh, eine Titte und kein Fuß zu sein. Was müssen die armen Kollegen da unten schuften. Laufen Tag für Tag, über Pfützen springen, hinter Bussen herrennen und, vor allem, sich in zu enge Schuhe sperren lassen, wenn es die halbe Nummer größer einfach nicht gibt, Lisa aber total in einen ganz bestimmten Schuh verknallt ist. Im Alter wuchern nach dieser jahrelangen Anstrengung zu allem Übel auch noch schmerzende Hühneraugen. Nee, dagegen ist das Tittenleben doch wirklich ein Dasein auf einer Sänfte.

»Bei der Hitze kriegen auch viele einen Herzschlag. Bumm, und alles ist vorbei«, philosophiert die alte Dame. »Wir Frauen sind da allerdings nicht ganz so gefährdet wie Männer. Na, wenigstens etwas!«

Bitte, bitte, sprich jetzt nicht über Krankheiten, Zipperlein, Krampfadern und Siechtum. Das braucht hier niemand!

»Wir Frauen«, fährt die alte Dame fort und hebt belehrend einen krummen Zeigefinger, »wir Frauen können natürlich dafür eine ganze Menge anderer Probleme bekommen. Die typischen Frauenleiden, die Krankheiten, die ein Mann gar nicht kriegen kann, weil er einen anderen Körper hat. Vieles davon ist so ungerecht. Ungerecht, sag ich immer. Als wären wir nicht schon gestraft genug, die Kinder auf die Welt bringen zu müssen. Wenn ich mal überlege, in meinem Freundeskreis so in den letzten Jahren, da waren mindestens fünf Fälle von ...«

»Ich glaube, Ihr Hund braucht etwas zu trinken«, unterbricht Lisa sie hektisch.

Je länger ich den Hund ansehe, desto mehr zweifle ich daran, ob er überhaupt ein Hund ist. Auf den ersten Blick sieht er aus wie ein Wischmopp. Auf den zweiten wie ein Langhaarmeerschweinchen mit besonders großen Ohren. Auf den dritten wie ein Kaninchen mit leicht gestutzten Löffeln und unregelmäßigen, schwarzen Tintenklecksen im Fell. Also, ist der Hund überhaupt ein Hund?

Tja, nicht immer im Leben ist alles so ganz eindeutig. Als ich so ungefähr vierzehn Jahre alt war, beschlich mich dieses Gefühl besonders stark.

Lisa war in ein Kaufhaus gegangen und wollte nach Modeschmuck gucken. Sie kam direkt aus der Schule, hatte noch ihre Schultasche dabei, zog einen Kaugummi aus der

Lederjacke und kaute vergnügt darauf herum. Andächtig betrachtete sie die glitzernden Ketten, Ringe und Armbänder.

»Na, junger Mann, was darf's denn sein?«, ertönte eine Stimme.

Lisa schaute sich neugierig um, und auch ich war gespannt, welcher junge Mann hier im Schmuckparadies fündig geworden war.

Lisa schaute nach rechts, sie schaute nach links, sie drehte sich um. Aber – von einem jungen Mann keine Spur. Auch nicht von einem mittelalten oder greisen Mann. Nee, hier gab's keine Männer, keine, überhaupt keine.

»Junger Mann, hallo, ich spreche mit *dir*!«, rief die Stimme.

Es war die Stimme einer Verkäuferin. Und diese Verkäuferin schaute Lisa freundlich an.

Entsetzt starrte Lisa zurück. »Meinen Sie mich?«

»Ja, junger Mann. Nicht so schüchtern. Ich arbeite hier und bin dazu da, unseren Kunden zu helfen. Auch unseren jungen Kunden. Ich kann dich beraten. Oder ich kann auch Schmuck anprobieren. Ihn dir vorführen, damit du besser weißt, wie er wirkt. Na, gefällt dir etwas?«

»Ich weiß nicht«, flüsterte Lisa tonlos.

»Suchst du vielleicht etwas für deine Schwester oder deine Mama? Es ist ja bald Muttertag. Das wäre ganz besonders reizend. Eine Kette vielleicht? Oder ein Armband? Wir haben hier ein paar neue Designs von einem sehr originellen Künstler. Alles handgearbeitet.«

»Nein, nein. Ich meine, ich weiß natürlich, dass bald Muttertag ist. Aber, nein ...«, stotterte Lisa verzweifelt.

Die Verkäuferin überlegte. Dann lächelte sie strahlend. »Jetzt weiß ich es! Hast du etwa schon eine kleine Freundin?«

Ich konnte spüren, wie Lisa fast in sich zusammenbrach. Verlegen starrte sie auf den Boden. Das Kaugummikauen stoppte abrupt, als habe sie auf einmal einen harten Klumpen im Mund.

»Hach, dieses Alter ...«, setzte die Verkäuferin lachend nach.

Ich schämte mich in Grund und Boden. Ja, dies war das Alter, das gewisse, in dem die Jugendlichen heftig pubertierten. Zumindest die normalen Jugendlichen. Und die normalen Titten, denn die machten die Mädchen erkennbar zu Mädchen.

Alles war meine Schuld.

Einzig und allein meine Schuld.

Ich plattes Wesen hatte Lisa bis auf die Knochen blamiert. Nie, nie wieder würden wir hier einkaufen gehen können, schon gar nicht in Begleitung von Freunden. Unvorstellbar, die Blamage, wenn die Verkäuferin sie wiedererkannte und ihr fröhlich »Hallo, wie geht's denn so, junger Mann?« zurufen würde.

Lisas Kopf glühte hochrot. Sie schluchzte kurz auf, drehte sich auf dem Absatz um und rannte die nächste Rolltreppe hinunter. Wir landeten im Untergeschoss. Blind vor Tränen stoppte sie ihren Lauf vor einer Wand mit zwei Türen.

Eine Tür zeigte ein Männchen mit langen Hosen. Das andere ein aufrecht stehendes Weibchen mit Rock. Zitternd betrachtete Lisa die Symbole.

»Männchen oder Weibchen, das ist hier die Frage«, wimmerte sie mit schwacher Stimme.

Mehr aus alter Gewohnheit denn aus Überzeugung stieß sie die Tür mit dem Damensymbol auf, ging schnurstracks auf eines der Waschbecken zu und drehte den Hahn auf. Sie ließ eiskaltes Wasser über ihre Hände und die Handgelenke laufen und wusch sich schließlich das brennende Gesicht ab. Mit noch nassen Fingern fuhr sie sich durch ihre kurzen Haare, bis sie stoppelig in alle Richtungen abstanden. Dann öffnete sie die Lederjacke, zog sich den Pullover hoch und betrachtete mich.

Wenn Titten mit den Schultern zucken könnten, dann hätte ich es jetzt getan!

»War das peinlich«, jammerte Lisa.

Gott, sah sie unglücklich aus.

»Die hat eben nicht richtig hingeguckt«, gab ich zurück.

»Wohin?«, fragte Lisa lakonisch.

Ich wand mich. »Na, dir ins Gesicht. Man sieht dir doch schon im Gesicht an, dass du ein Mädchen bist.«

»Ach ja? Woran soll man das denn sehen?«

»Na, zum Beispiel an deiner Stupsnase.«

»Unsinn. Jungs haben auch Stupsnasen.«

»Aber nicht mit Sommersprossen.«

»Auch mit Sommersprossen! Der Tim aus der Parallelklasse zum Beispiel.«

»Der hat zwar Sommersprossen, aber keine Stupsnase«, gab ich zurück.

»Gib's zu. Man sieht es eben nicht an der Stupsnase. Oder an den Sommersprossen.«

Hilflos machte ich einen nächsten Versuch. »Aber an den Füßen!«

»An den Füßen?«

»Natürlich. Mädchen haben doch viel kleinere Füße als Männer. Du könntest mit keinem Jungen in deiner Klasse mehr die Schuhe tauschen.«

Lisa stöhnte. »Die Leute schauen einem doch nicht auf die Füße, um die Schuhgröße zu schätzen.«

»Die Leute, die Leute, was können uns schon die Leute«, antwortete ich patzig.

»Sie können uns mit ›junger Mann‹ anreden. Du weißt doch selber, man sieht den Unterschied an den weiblichen Rundungen. Ich bin schon viel zu alt, um weiterhin so flachbrüstig herumzulaufen.«

Lisa hatte Recht. Vierzehn Jahre waren wir alt und wir Titten sahen immer noch aus wie die Kleinkinder.

»Ich gebe mir ja alle Mühe«, jammerte ich. »Aber ich verstehe auch nicht, warum wir nicht wachsen.«

»Vielleicht müsst ihr euch mehr konzentrieren«, schlug Lisa vor.

»Ich meditiere doch schon jeden Morgen und versuche mir vorzustellen, wie aus einem Flachland eine attraktive Hügellandschaft wird. Die Rocky Mountains sind mein großes Vorbild!«

»Und deine Zwillingsschwester?«, fragte Lisa seufzend.

Ehrlich gesagt, Etna hatte den Ernst der Lage noch nicht so recht erkannt. Allerdings arbeitete sie trotzdem mit, weil ich ihr gegen die »Bügelbrettkrankheit« eine Metapher ins Bewusstsein gepflanzt hatte.

»Schwester«, rief ich ihr zu. »Schwester, woran denkst du immer, bevor du einschläfst?«

Etna krähte fröhlich: »An runde, bunte Luftballons.«

Lisa raufte sich die abstehenden Haare. »Ich verstehe schon, dass ihr alles versucht. Trotzdem stimmt etwas nicht.« Lisa trat drei Schritte vom Spiegel zurück und betrachtete sich von Kopf bis Fuß. »Ich bin weder Fisch noch Fleisch. Ich bin kein Mädchen, ich bin kein Junge.«

Mir wurde ganz traurig zumute, weil mir nichts Konkretes einfiel, um Lisa zu helfen.

Sie biss sich auf die Lippen. »Und eines Tages, eines Tages wird es passieren ...«, prophezeite sie düster.

»Was wird passieren?«, fragte ich erschrocken.

»Er wird mir wachsen.«

»Wen meinst du? Den Busen?«

»Schön war's ja, aber das wage ich kaum noch zu hoffen.«

»Also, wer?«

»Der Schwanz! *Der* wird mir wachsen. Ich weiß es genau. Alle denken, ich wäre ein Mädchen. Dabei bin ich nur ein Junge, der sich spät entwickelt. Ihr werdet so platt bleiben, aber zwischen meinen Beinen, da wird er herauswachsen.«

»Ein Penis?«, stöhnte ich. Schließlich hatte ich im Sexualkundeunterricht wie ein Luchs aufgepasst.

»Wie auch immer du ihn nennen möchtest«, gab Lisa ironisch zurück.

»Ich will keinen Penis«, jammerte Etna.

Nachdem ich meine Zwillingsschwester beruhigt hatte, redete ich auch auf Lisa ein. »So was gibt es nicht, Lisa. Mit einem Penis wird man geboren, der wächst einem nicht plötzlich mit vierzehn, das glaube ich im Traum nicht.«

»Hm, vielleicht werde ich dann ein Transvestit? Oder ein Transsexueller?«

»Und was soll das sein? So was wie Frankenstein aus Transsilvanien etwa?«

»Schlimmer. Marie hat mir erzählt, dass es so was gibt. Mischwesen. Oder Menschen, die im falschen Körper geboren sind. Ist ziemlich kompliziert, weil es eben selten vorkommt.«

»Gemischte Menschen?«

»Ja, halb Mann, halb Frau.«

Die Vorstellung fand ich nun auch gar nicht witzig.

Lisa überlegte. »Wenn mir also unten kein Schwanz wächst und ich da ein Mädchen bleibe, dann komme ich womöglich in Kürze in den Stimmbruch. Ach herrje, das würden ja alle sofort mitbekommen. Sag, Vesuvia, hat sich meine Stimme schon verändert?«

Ich lauschte dem Klang. »Nein, wie immer.«

»Statt Titten bekomme ich dann Haare auf der Brust!«
Etna fing prompt an zu heulen.

Mir wurde übel. Auf meiner schneeweißen Haut sollten keine stacheligen oder kräuseligen oder halbgelockten Haare wachsen. Ich war schließlich ein zartes Wesen mit einem zarten Teint!

»Wie würde mein Biolehrer dann wohl meine zukünftigen Beziehungen definieren?«, überlegte Lisa. »Wenn ich halb und halb bin und einen Mann liebe, wäre ich dann schwul? Oder doch heterosexuell?«

Würden wir dann überhaupt in Weiß heiraten können?

»Unter Umständen«, lamentierte Lisa, »unter Umständen verliebe ich mich ja auch in eine Frau. Dann wäre ich lesbisch, oder was?«

Also, von den Frauen, die wir kennen, mag ich am liebsten die Marie.

»Nein, jetzt weiß ich's. Höchstwahrscheinlich würde man mich als bisexuell bezeichnen. Ein bisexuelles Zwitterwesen.« Lisa klammerte sich am Waschbeckenrand fest, als wäre ihr schwindlig geworden vor Entsetzen.

Manchmal war es gar nicht so gut, zu viel Fantasie zu haben, fand ich. Ich war weitaus mehr um Lisas Psyche besorgt als über die Tatsache, dass hier von Tittensymptomen einfach weit und breit keine Spur zu sehen war.

Die Tür zur Toilette flog auf und herein kamen zwei schwatzende Frauen. Eine davon ging schnell in eine der Kabinen. Die andere öffnete ihre Handtasche und begann sich mit einer Menge verschiedener Utensilien schön zu machen. Lisa wusch sich noch einmal Gesicht und Hände, während sie aus dem Augenwinkel heraus die Aktivitäten der Waschbeckennachbarin aufmerksam beobachtete.

Entschlossen richtete sich Lisa auf und trocknete sich ab. Sie zog den Reißverschluss ihrer Lederjacke hoch. Irgendwie war ich fast froh, wieder im angenehmen Halbdunkel verschwinden zu können.

»Alles wird gut«, rief ich Lisa noch aufmunternd zu.

Ich weiß nicht, ob sie mich überhaupt gehört hat. Aber sie schien einen Entschluss gefasst zu haben.

Als Erstes erstand Lisa in der Kosmetikabteilung einen hübschen hellrosa Lippenstift. Danach wählte sie zwei zarte Lidschattenfarben aus und leistete sich die erste Mascara ihres Lebens. Ha, was würde Lisa mit getuschten Wimpern klimpern können!

Schließlich kaufte sie zur Krönung ihres neuen Mädchenfrauenweiblichkeitsprogramms eine neue Seidenproteinvitaminglanzspülung für lange Haare, denn sie hatte soeben beschlossen, sich in den nächsten Jahren eine wallende Mähne wachsen zu lassen.

Das war auch gut so, dachte ich, denn zur Not könnte ich mich dann in Zukunft unter langen Haarsträhnen verstecken. Allerdings war das nur meine Strategie für den Ernstfall, für den Die-Titten-wachsen-nicht-Supergau.

Mein Masterplan war nach wie vor, Kraft meiner Gedanken die wundersame Verwandlung zur Supertitte zu beschleunigen. Deshalb vereinbarte ich mit meiner Zwillingsschwester Etna, die Hoffnung keinesfalls aufzugeben, sondern zukünftig hochkonzentrierte Visualisierungsübungen zu machen: Wir würden fortan inbrünstig an große Bälle, runde Kugeln und die herrlichsten Gipfel der Welt denken.

Morgens, mittags und abends.

Körbchen

Die Bahn rattert vor sich hin. Wir haben noch einige Stationen vor uns.

»Er heißt übrigens Alfons«, sagt die alte Dame mit dem
hellorangen Haar und zeigt auf ihren Meerschweinchen-
hundeverschnitt.

»Hübscher Name«, quetscht Lisa mühsam hervor.

Ich kann spüren, wie sie sich verspannt in der Anstrengung, höflich zu sein.

»Streicheln Sie ihn ruhig«, ermuntert die alte Dame Lisa.
»Er tut nichts.«

Lisa ist nicht besonders scharf auf Hunde. Am wenigsten
auf so kleine, dekadente, die viel weniger berechenbar sind
als ein anständiger Deutscher Schäferhund oder ein gutmü-
tiger Bernhardiner mit Rumfässchen um den Hals. Trotzdem überwindet sie sich und streichelt den niedlichen kleinen, zahmen Alfons.

Alfons schnappt sofort nach ihrer Hand. Dazu kläfft er
heiser und wirft den Kopf in den Nacken wie eine beleidig-
te Operndiva.

»Aber Alfons, du Böser, Böser«, schimpft die alte Dame.

Lisa betrachtet ihre Hand. Die Köterzähne haben zwei
kleine Kratzer hinterlassen. Nicht mal anständig zubeißen
kann das Vieh. So ein Weichling! Wahrscheinlich bekam

er von seinem wohlmeinenden Frauchen nur Flaschennahrung oder klein gekrümelte Butterkekse mit winzigen Schokoladenknusperstückchen.

»Tollwut hat er nicht zufällig, oder?«, fragt Lisa schneidend.

»Um Himmels willen! Mein Alfons doch nicht. Kerngesund ist er, ganz bestimmt. Bei Tollwut verdrehen die Hunde die Augen, bis man nur noch das Weiße sieht«, erklärt die alte Dame und führt uns augenblicklich augenrollend den Effekt vor.

Gut kann sie das. Jetzt sieht sie tatsächlich aus wie eine alte Lady mit orangefarbenem Haar und Tollwut.

»Die Hitze setzt ihm zu«, entschuldigt sie ihren kleinen Liebling. Sie wendet sich wieder an Alfons. »Du Böser, Böser! Dafür gibt's heute nichts Süßes!«

Ob der Alfons das verstanden hat, wage ich zu bezweifeln. Aber: Ätsch, mein oller Alfi, Strafe muss sein! Spätestens zur Tea Time wirst du merken, dass dir etwas Wesentliches im Leben versagt bleibt. Kein Nussplätzchen, kein Waffelröllchen und kein Makrönchen werden deine gierige Schlabberzunge verwöhnen.

Lisa schweigt und fächelt sich mit der Hand etwas Luft zu. Die alte Dame schnauft mit dem bösen Alfi im Takt und sucht nach Abkühlung, indem sie ihre Kostümjacke öffnet. Oho, Frauchen ist eine gepflegte Hundehalterin. Zum Vorschein kommt nämlich eine teure weiße Seidenbluse. Sie ist ein wenig transparent, so dass ihr großer Spitzen-BH durchschimmert.

Na, ich würde sagen, die Schwestern haben BH-Größe 80 D. Ich kenne mich da aus.

Ich persönlich habe diverse Größen durchlaufen.

Ja, ich war eine Spätzünderin. Doch meine Meditationen

und Lisas verzweifelte Gebete, sie nicht zum Mann mutieren zu lassen, schienen nach einer zähen Zeit des Wartens, Bangens und Hoffens zu wirken.

Eines Morgens erwachte ich und spürte ein Kitzeln in meinem Köpfchen. Es war ein ungewohntes Gefühl. In etwa so, wie Lisa und Marie immer das Prickeln von Coca-Cola auf ihrer Zunge beschrieben. Außerdem fühlte ich mich ein wenig geschwollen.

Ich meldete diesen Umstand an Lisa. »Lass uns mal in den Spiegel gucken. Mir ist heute so anders.«

Lisa sprang sofort aus dem Bett, schloss ihre Zimmertür ab und riss sich das Nachthemd vom Leib. Dann baute sie sich vor ihrem schönen alten Spiegel, den sie von ihrer Großmutter geerbt hatte, auf. Kritisch musterte sie mich.

Schließlich verzog sich ihr Mund zu einem breiten Lächeln. »Eine Erhebung!«, flüsterte sie andächtig.

Es war tatsächlich eine kleine Erhebung meines Köpfchens zu erkennen. Auch meine Zwillingsschwester Etna schaute stolz in den Spiegel, denn sie hatte eine identische Köpfchenwölbung.

Dies war ein großer Moment!

Quasi der Morgen unserer Geburt, unserer Entwicklung vom Brustpünktchen zur Mini-Titte.

»Weiter so, nur schön weiter so«, feuerte uns Lisa mit großem Ernst an.

Und Etna und ich versprachen hoch und heilig, in diesem Sinne weiterzuarbeiten.

Tittenwachstumsmantras, bisher dreimal täglich, murmelten wir nun in doppelter Frequenz vor uns hin. »Ich knospe, ich reife, ich gedeihe, ich werde größer, ich erblühe, ich wachse ins Unermessliche ...«

In den nächsten Wochen wuchsen nicht nur unsere Köpfchen. Nein, auch alles unter uns und um uns herum.

Dieses Prickeln, dieses kraftvolle Sprießen rund um die Uhr! Ein wahrlich erhebendes Gefühl!

Lisa und ich waren außer uns vor Glückseligkeit. Selbst als plangemäß, wie im Biologiebuch beschrieben, Lisas erste Menstruation einsetzte, beschwerte sie sich nicht, sondern feierte diesen Umstand zusammen mit ihrer besten Freundin Marie bei einer Kartoffelchips-Milky-Way-Orgie.

»Bei dir klebt Schokolade am Mund«, lachte Lisa und reichte Marie eine Serviette.

»Sag mal, Lisa, hast du schon mal einen Büstenhalter probiert?«, fragte Marie grinsend.

»Nee, viel zu halten gibt es bei uns aber auch noch nicht, oder?«

Marie, ebenfalls Spätentwicklerin, kicherte. »Ist doch egal, ich meine ja nur mal so, zum Ausprobieren.«

Beide Mädchen lächelten sich verschwörerisch zu. Dann stibitzten sie zwei Büstenhalter aus der Wäscheschublade von Lisas Mama. Natürlich waren die Büstenhalter noch viel zu groß, aber sie wurden kurzerhand hinten im Rücken verknotet.

»Bisschen viel Luft vorne drin«, meinte Marie skeptisch.

»Dann müssen wir auffüllen. Hier ist die Kleenex-Box«, sagte Lisa entschlossen.

Nicht nur, dass ich völlig verloren in dem BH von Lisas Mutter versank, nein, nun wurden um mich herum auch noch Massen zusammengeknüllter Kleenextücher gestopft. Das kitzelte ganz scheußlich und ich konnte gar nichts mehr sehen.

Schließlich waren Lisa und Marie mit ihrer Aktion fertig. Sie bewunderten ihre Silhouetten von der Seite.

»Ganz schön scharf«, sagte Marie.

»Glaubst du, dass sie so groß werden?«, fragte Lisa zweifelnd.

»Wir werden sehen. Und wenn nicht: Wir wissen ja jetzt, wie es geht. Der Trick heißt Kleenex!«

Nein, nein, nein! Davor bewahre mich bitte der Tittengott. Wer hat schon Lust, sein ganzes Leben in einem Haufen von Taschentüchern zu verbringen?

In den nächsten Monaten beobachtete ich detailliert, was mit Etna und mir passierte. Wenn Lisa sich auf den Rücken legte, sackten Etna und ich ein kleines bisschen zur Seite. Etna mochte diese Lage überhaupt nicht, weil sie sich dann immer daran erinnerte, wie traurig unser flaches Dasein noch vor einem Jahr war. Rollte sich Lisa auf den Bauch, so wurden wir ziemlich platt gedrückt. Platt wie die Maischollen. Auch nicht besonders erstrebenswert.

Aber im Stehen, im Stehen waren wir einfach unwiderstehlich. Jeder Spiegel war der unsere. Jede Schaufensterscheibe wurde genutzt. Ich konnte mich an mir selbst gar nicht satt sehen.

Es gab nur eine Situation, die mir doch recht lästig war: der Sportunterricht.

Hüpfte Lisa, dann hüpften Etna und ich hilflos und haltlos mit. Sprang Lisa, so machten wir unbeabsichtigt ebenfalls einen Riesensatz. Selbst wenn Lisa einfach nur rannte, wackelten wir unkontrolliert hin und her.

Etna befürchtete ständig ein Schleudertrauma.

Ich befürchtete eher eine Attacke der Jungen, deren neues Hobby es war, Mädchen beim Sportunterricht zu beobachten und jede Tittenbewegung mit lautem Pfeifen, Johlen oder Klatschen zu begleiten.

Das war mir sehr unangenehm. Ich lernte: Ich hatte ein Schamgefühl.

Schließlich wurde es auch Lisa zu bunt. Etna und ich waren nun wirklich unübersehbar zu hübschen, runden Titten herangewachsen und zogen mehr Aufmerksamkeit auf uns, als Lisa es sich je hätte vorstellen können. Die Einzigen, die das Erwachsenwerden von Lisa und uns nicht so recht wahrgenommen hatten, waren Lisas Eltern. Lisa beschloss, dieses Thema doch mal ganz offen zu diskutieren.

Die Eltern saßen im Wohnzimmer. Lisas Mama blätterte in einer Zeitschrift, der Papa las den Finanzteil der Zeitung.

»Sagt mal, findet ihr, dass ich einen Büstenhalter brauche?«, fragte Lisa in die Runde und streckte uns Titten heraus.

Der Papa linste hinter seiner Zeitung hervor. Unsicher blinzelte er Lisa an, warf dann einen kleinen, verstohlenen Blick auf uns und räusperte sich. »Äh, davon verstehe ich nichts, ich muss sowieso mal eben telefonieren, äh, ihr könnt das ja auch ohne mich besprechen, oder?«

Schwupps, schon war er verschwunden.

»Davon versteht er wirklich nichts«, kicherte Lisas Mama. »Dieser Mann gehört zu der Minderheit, die mit Wäsche absolut nichts anfangen kann. Ist mir aber egal. Lisa, schreib dir eines hinter die Ohren: Schöne Wäsche muss man für sich selber tragen, nicht für die Männer.«

Lisa nickte und auch ich beschloss, mir das gut zu merken. Schließlich war Lisas Mama erfolgreich und emanzipiert und musste es also wissen.

»O.k., Mama, aber sag mal ehrlich: Brauche ich einen BH?« Lisa deutete auf Etna und mich.

Mama betrachtete kurz, aber mit Kennerblick Lisas neue Formen. »O Gott, ist mein Küken tatsächlich schon so groß?«

Ist sie. Und die Kükentittchen erst recht!

»Ja«, sagte Mama nickend. »Ja, es ist so weit. Ich rufe mal

in meinem Wäschegeschäft an. Dann gebe ich dir meine Kreditkarte und du kannst dort ohne Probleme damit bezahlen. Kauf dir gleich mehrere zum Wechseln, ja?«

Lisa hatte gehofft, ihre Mutter würde sie beim ersten BH-Kauf beraten. Na ja, der Nachteil berufstätiger Mütter war, dass sie für so was nie Zeit hatten. Dafür besaßen sie aber Kreditkarten. Farbige, goldglänzende und silberne, die Platinkarten hießen, obwohl sie nur aus Plastik waren. Mama gab Lisa ihre grüne Karte, die Lisa stolz in die Hosentasche steckte. Morgen würde sie also nicht nur den ersten BH ihres Lebens erstehen, nein, sie würde ihn wie eine Erwachsene sogar mit einer Kreditkarte bezahlen.

Lisa wuchs in dieser Nacht bestimmt einen ganzen Zentimeter in die Höhe, Etna und ich vor lauter Aufregung zwei weitere Millimeter nach vorne.

Lange hatten wir büßen müssen. Für irgendetwas, was wir vielleicht in frühester Kindheit und noch nicht im Vollbesitz unserer geistigen Kräfte verbrochen hatten. Aber unsere Sünden waren uns endlich verziehen worden und jetzt durften wir uns aufmachen zu einer Pilgerfahrt der ganz besonderen Art: in *das* Büstenhalter-Mekka der Stadt!

Eigentlich hatte Lisa erwartet, dass es in diesem unglaublichen Wäschegeschäft nach Puder roch oder nach Kräutern, so wie in Mamas Kleiderschrank. Es roch aber einfach nur angenehm sauber.

Schüchtern ging Lisa an einem Ständer mit Seidennachthemden vorbei. Zu gerne hätte sie den Stoff mal berührt, aber es hatte sie eine tiefe, fast lähmende Ehrfurcht ergriffen.

Sie beobachtete die Verkäuferinnen und beschloss, sich am besten einer älteren Dame anzuvertrauen, weil ältere

Menschen meistens erfahrener waren und hier heute schließlich kein Fehler passieren sollte.

»Entschuldigen Sie bitte«, sagte Lisa leise zu der Dame ihrer Wahl. Es war eine rundliche Verkäuferin mit einer großen Brille auf der Nase, die gerade einen Wäschestapel sortierte.

»Kann ich helfen?«, fragte die Verkäuferin freundlich und lächelte Lisa mütterlich an.

Lisa entspannte sich etwas, und auch ich beschloss, dass ich meine Verkrampfung schnellstens lösen musste. Denn wer weiß, vielleicht passten die Dinger nur, wenn man ganz locker war und sich nicht ängstlich zusammenzog.

»Meine Mutter hat heute früh angerufen und angekündigt, dass ich komme«, erklärte Lisa schüchtern.

»Ach ja, ich weiß schon. Dann bist du bestimmt die Lisa«, antwortete die Dame.

»Ja, genau.« Lisa nickte erleichtert.

»Deine Mutter hatte es am Telefon sehr eilig. Sie hat mir nur gesagt, dass du vorbeikommst. Also, was kann ich für dich tun?«

»Ich«, stotterte Lisa, »ich brauche einen BH.«

Und ich erst mal!

»Welche Größe?«

»Größe? Keine Ahnung.« Lisa überlegte kurz. »So mittelgroß etwa, würde ich sagen.«

»Ist wohl das erste Mal, was?«, fragte die Verkäuferin und ließ den Wäschestapel einen Wäschestapel sein. Sie widmete Lisa nun ihre volle Aufmerksamkeit.

»Ja, das erste Mal«, wiederholte Lisa andächtig.

Und es würde hoffentlich nicht wehtun.

»Deine Körbchengröße kennst du also auch nicht?«, fragte die Verkäuferin fachfraulich.

Körbchengröße? Ich war empört. Ich brauchte kein Körbchen, schließlich war ich kein Hund. Etna regte sich auch kurz. Nein, sie wollte ebenfalls kein Körbchen.

Statt zu antworten, schüttelte Lisa nur den Kopf. Körbchengrößen waren unbekannt. Und mehr als unerwünscht, wenn hier mal bitte einer auf mich hören würde.

»Dann wollen wir jetzt messen«, erklärte die Verkäuferin eifrig. »Bitte die Arme heben!«

Brav hob Lisa die Arme und die Wäscheexpertin schlang ein Maßband um Lisa herum. »Ich stelle jetzt den Unterbrustumfang fest. Da haben wir ihn schon: 70!«

70? War das jetzt viel oder wenig? Normal oder anormal? Gut oder schlecht?

»Nun nehmen wir mal genau die Mitte der Brust. Dann kennen wir auch die Körbchengröße.«

Ich spürte das Maßband auf meinem Köpfchen.

Auf das Messen folgte noch ein Expertenblick. Und ihr abschließendes Urteil: »Körbchengröße B. Wir brauchen also einen Büstenhalter in Größe 70 B.«

Lisa atmete erleichtert auf.

Die erste Hürde war genommen. Hallo, ihr Büstenhalter in 70 B: Macht euch bereit! Die Titten kommen!

»Das Wichtigste an einem Büstenhalter ist, dass er richtig sitzt!«, referierte die freundliche Fachverkäuferin. »Da kann er noch so schön sein, wenn er kneift, wirst du deines Lebens nicht froh, sag ich dir.«

Kann ich mir plastisch vorstellen. Wer würde schon fröhlich durchs Leben gehen, wenn er ständig mit einer Kneifzange zu kämpfen hätte? Ein bisschen Kneifen hier, ein bisschen Zwicken dort, das wäre höchstens etwas für masochistisch veranlagte Titten.

»Dann wollen wir doch mal sehen, was wir in deiner Größe so alles haben.« Die Verkäuferin zog mehrere Schubladen auf. »Schwarz und Rot, nein, die kommen wohl nicht in Frage.« Entschieden schloss sie die Schublade wieder.

Etna maulte sofort los. »Ich will Rot. Rot ist meine Lieblingsfarbe, ich will einen roten BH.«

Aber Lisa schenkte ihr keine Beachtung und betrachtete gespannt den Inhalt der nächsten Schublade. »Der ist hübsch«, sagte sie und zeigte auf eines der Modelle.

»Nun, hier haben wir einen BH aus langfloriger ägyptischer Baumwolle mit flexiblem Lycra-Elasthan. Das Material spricht für hohen Tragekomfort.«

»Ist ja prima, dann nehme ich den schon mal.«

Die Verkäuferin rückte ihre Brille gerade und schüttelte missbilligend den Kopf. »Kindchen, den kannst du nicht einfach so nehmen. Du musst ihn anprobieren. Jeder BH sitzt anders. Die Zeit solltest du dir nehmen, sonst ärgerst du dich später nur.«

»Na gut, probiere ich also den. Und welchen würden Sie noch empfehlen?«

»Du kannst wählen zwischen so einem Mittelträger-BH mit verstellbaren Trägern und rückwärtigem Hakenverschluss oder diesem Bügel-BH mit Stützeffekt im Unterkörbchen. Der hebt, stützt und formt die Büste.«

Jaaaa, das hörte sich professionell an. Lisa, probier den Bügel-BH. Gut gestützt ist halb gewonnen.

Lisa zeigte auf den Bügel-BH.

»Gute Entscheidung«, lobte die Verkäuferin. »Hier, nimm diese ähnlichen Modelle auch noch mit zum Probieren. Einer sitzt bestimmt.«

Die unterste Schublade war noch übrig. Sie wurde nun vorsichtig aufgezogen.

Mir stockte der Atem. Nie, noch nie hatte ich etwas Schöneres gesehen. Zarte Spitze und bezaubernde Muster in allen Varianten. Beim Anblick dieser herrlichen, reizvollen Kurvengarderobe kamen mir doch fast die Tittentränen.

»Das sind unsere Prachtstücke.« Voller Stolz präsentierte die Wäschefachverkäuferin die Luxusexemplare. »Dies ist eine dekorative Volantspitze, dagegen hier eine elastische Bicolorspitze. Der da drüben, der hat keine Spitze, aber dafür eine hochwertige Stickerei, und daneben siehst du eine florale Dessinierung. Die Krönung ist natürlich die französische Galonspitze!«

Lisa schluckte und wählte. Schließlich hatte sie zehn Büstenhalter in der Hand. Sie zeigte auf einen weiteren BH, der einsam und allein auf einem der Verkaufstische lag. »Ist das vielleicht ein BH für den Sportunterricht?«

»Nein, nicht direkt. Das ist einfach eine schlichte Machart mit flachen Nähten. Optimal unter enger Kleidung zu tragen, weil sich nichts durchdrückt. Für den Sport habe ich etwas Besseres. Ein Sport-BH sollte nämlich andere Anforderungen erfüllen. Perfektes Stützen natürlich. Er muss aber auch trageangenehm sein und einen schnellen Feuchtigkeitstransport weg von der Haut bieten.«

Das will ich meinen. Sich nass an einem BH zu reiben, ist wohl eher eine Episode aus einem ausgeprägten Titten-Horrorfilm.

Noch waren die Erklärungen aber nicht beendet. »Wichtig sind die schnelle Verdunstung und die Atmungsaktivität des Materials zur besseren Kühlung.«

Atmungsaktivität und Kühlung. All dies wollte man mir angedeihen lassen. Diese Fachkraft war einfach wunderbar. Ab sofort sah ich sie nur noch als BH-Professorin mit doppeltem Doktortitel.

Mit zwei besonders verdunstungsfreundlichen Sport-BH-Varianten und den anderen zehn Schönheiten konnte nun endlich das Anprobieren beginnen.

Allerdings nicht ohne eine abschließende Ermahnung der BH-Professorin. »Nimm dir Zeit, Kindchen. An den Trägern stellst du dir die richtige Trägerlänge ein, siehst du? Und den Busen hebst du in die Körbchen. Wir müssen immer sorgsam mit den Goodies umgehen, oder?« Fröhlich schloss sie den Vorhang hinter Lisa und widmete sich nun auch wieder den anderen Kundinnen in den Kabinen rechts und links von uns.

Lisa zog ihren Pulli aus.

Puh, war das hell hier. Musste das Licht so grell sein? Sofort zog sich mein Köpfchen zusammen.

Unbeirrt legte Lisa mein Schwesterchen Etna und mich vorsichtig in das Büstenhaltermodell Nummer eins. Dann schloss sie die rückwärtigen Haken.

»Hiiiiiilfe«, brüllte ich. »Hiiiiiilfe, lass mich raus aus dem Gefängnis. Bitteeeeeee! Ich will raus hier!«

Etna japste erst und fiel dann in mein Geschrei ein. »Luft«, kreischte sie. »Ich brauche Luft! Hiiiiiiilfe, ich will nicht ersticken, ich ersticke, Hiiiiiiiiiilfeeee!«

Ein leichtes Unwohlsein war auch in Lisas Gesicht zu erkennen. Etna und ich quollen oben über den Satinrand der Kreation aus hochwertiger Mikrofaser. Als Lisa den Verschluss wieder löste, brauchte ich eine Schrecksekunde, um wieder in meine natürliche Form zurückzufinden.

Ich zweifelte daran, ob das mit dem BH-Kauf wirklich eine gute Idee war. Vielleicht waren diese Dinger ja heimliche Folterinstrumente, damit wir Titten nicht zu übermütig wurden? Die Erfindung eines kranken Hirns, das nicht genügend Muttermilch bekommen und deshalb einen schrecklichen, weltweiten Rachefeldzug ersonnen hatte?

Aus der Nebenkabine wurde die Stimme einer anderen

Kundin laut: »Bringen Sie mir doch heute mal diesen Minimizer, von dem Sie beim letzten Mal gesprochen haben.«

Die BH-Professorin erwiderte zuvorkommend: »Natürlich, gerne, das Modell mit den flachen Körbchen für eine sanfte Verteilung der Büste. Darf ich gleich einen passenden Slip dazu mitbringen?«

»Slip?« Die Kundin prustete vor Lachen laut los. »Slips habe ich mit zwanzig getragen. Bringen Sie mir eine elastische Miederhose oder eins dieser Bauch-wegdrück-Dinger.«

Was war nur mit der Kabinennachbarin los? Die Frau musste eine geringe Schmerzschwelle haben. Quetschen, was das Zeug hielt. Und still leiden, bis der Blutstrom so vermindert ist, dass Busen und Bauch taub werden.

Nee, nicht mit mir. Und nicht mit meiner Zwillingsschwester Etna, die war noch viel empfindlicher.

Unser zweiter Versuch ging ebenfalls in die falsche Richtung. Diesmal hätten wir gut und gerne pro Körbchen zwei Kleenextücher zum Füllen gebraucht. Der Stoff schlug nicht nur hässliche Falten, nein, über dem Köpfchen entstand sogar eine merkwürdige leere Tüte.

Wie 'ne Zipfelmütze. Lächerlich.

»Ach herrje, das ist das falsche Material«, ertönte eine wehleidige Stimme, diesmal aus der Kabine links von uns. »Da hab ich mich vertan, völlig vertan, das ist ja Polyester! Ich kann unmöglich Kunststoff tragen, unmöglich!«

»Darf es für die gnädige Frau lieber etwas aus Seide sein?«, schlug die gewiefte Fachverkäuferin wie aus der Pistole geschossen vor.

Der Schuss aber ging nach hinten los.

»Seide? Um Gottes willen. Die armen Seidenraupen! Ich trage nur handgepflückte Baumwolle, chlorfrei gebleicht und ohne Formaldehyd.«

Aha, so was gab es auch. Ein Umweltmodell, frisch ge-
zupft vom Strauch. Garantiert ohne Tierversuche und rück-
standsfrei verbrennbar.

Lisa schüttelte grinsend den Kopf und wagte nun den
dritten Anlauf. Mit einem Bügel-BH, der ein verspieltes
Blümchenmuster hatte.

Mich durchströmte ein Gefühl der Geborgenheit. Es war
wie das Ankommen in einem neuen, wunderschönen Zu-
hause. Der Stoff war weich und streichelzart. Das Körbchen
hatte exakt die richtige Größe und Ausprägung, um Etna
und mir eine gleichmäßig runde Form zu verleihen.

Etna verliebte sich sofort in die kleinen Blümchen, ich
mich in das schmeichelnde Material und Lisa sich in ihr
Spiegelbild.

Das war er! Unser erster BH.

Ermutigt von diesem glorreichen Fund, machten wir uns
über die anderen BH-Beautys her und probierten be-
schwingt Modell für Modell. Ja, wir wurden nicht nur einmal fündig. Bloß heute keine falsche Bescheidenheit.

Schließlich zog sich Lisa wieder an und wir präsentierten
unserer BH-Professorin erhitzt und glücklich die Büstenhalter unseres Herzens.

»Ausgezeichnet gewählt«, sagte die zufrieden. »Brauchst
du Höschen dazu? Es sieht immer hübscher aus, wenn die
Wäsche oben und unten zusammenpasst.« Schon riss sie
ihre Überraschungsschubladen auf. »Die jungen Mädchen
tragen ja heute immer diese String-Tangas«, erklärte sie mit
leichter Missbilligung in der Stimme und hielt einen hoch.

Lisa lachte. »Normalerweise stellt man ja alles Mögliche
an, damit das Höschen nicht, na ja, da hinten reinrutscht.
Und jetzt soll es von vornherein in den Popo? Nein, ich
glaube, das ist nichts für mich.«

»Sehr gut. Hier, die Taillen-Slips sitzen hervorragend,

und die Jazz-Pants gibt es sogar im preisgünstigen Zweier-pack.«

Zu jedem BH wurde etwas Passendes gefunden. Dann wickelte die Professorin unsere Schätze sorgfältig in knisterndes Seidenpapier.

Ich folgte dem Einpacken mit Wonne. Ja, der Sport-BH würde uns zu Stabilität bei Sprüngen aller Art verhelfen. Das glatte Modell aus Baumwolle war gut für jeden Tag. Der Blümchen-BH stand für unsere erste BH-Liebe schlechthin.

Und – last, not least – die Kreation aller Kreationen!

Was für die Queen von England ihre Kronjuwelen sein mussten, war für uns Titten die französische Galonspitze.

Dank Mamas Kreditkarte und unseres nachdrücklichen Bettelns hatte Lisa uns diesen kostbaren Traum genehmigt. Galonspitze auf den Körbchen, Galonspitze an den Trägern, Galonspitze am Rückenverschluss. Galonspitze, wohin man auch blickte. In welcher Farbe? Natürlich in Champagner!

Kontakte

Schoßhund Alfons, der Böse, Böse, wird auf seine vier Minipfötchen gestellt – hat er etwa pedikürte Fußnägel? –, weil die alte Dame mit dem orangefarbenen Haar nun die U-Bahn verlassen will. In Anbetracht der vielen Menschenbeine fängt der Hundeknirps prompt an zu zittern, verständlich, denn ein einziger Tritt, selbst ein unbeabsichtigter, würde Alfons' Lebenserwartung doch beträchtlich verkürzen.

»Verdient hast du es eigentlich nicht, Alfons. Aber ich will mal nicht so sein«, lenkt die alte Dame ein und nimmt ihren blauzüngigen Liebling auf den Arm.

Der guckt hoheitsvoll auf uns herab.

Mach bloß nicht so 'n blasiertes Gesicht, du Köter. Steht dir gar nicht zu, du Dosennahrungsschwächling.

»Alfons entschuldigt sich noch mal«, sagt die alte Dame. »Er wollte nicht wirklich beißen. Es handelt sich sozusagen um einen Hundeirrtum, wenn Sie wissen, was ich meine.«

»Ach so, verstehe«, antwortet Lisa süffisant. »Ein echter Hundeirrtum.«

»Ich hoffe jedenfalls, der Kratzer an Ihrer Hand verheilt ganz schnell. Wenn es irgend geht, verzeihen Sie Alfons«, bittet die alte Dame. »Er ist doch mein Ein und Alles.«

Lisa hat ihren großzügigen Tag und erteilt dem Hundevieh mit einem Kopfnicken Absolution. Er ist auch wirklich zu winzig, um ihn dauerhaft hassen zu können. Pure Energieverschwendung.

Ein junges Pärchen steigt nun zu und lümmelt sich auf die frei gewordenen Sitze uns gegenüber. Beide sind schwarz gekleidet, haben schwarz gefärbte, völlig verfilzte Haare, sind schwarz geschminkt mit Tonnen von Kajal rund um die Augen und mit schwarzem Lippenstift auf dem Mund.

Diese Aufmachung spricht für eine gewisse Todessehnsucht oder für die Zugehörigkeit zu einer Punk-Gang.

»Eine Schlange, eine Schlange!«, ruft Etna plötzlich ganz aus dem Häuschen.

Sie hat voller Schrecken seinen Schlangenohrring entdeckt. Die Schlange ist eine Kobra, und zwar in hoch aufgerichteter Angriffsposition. Sehr sympathisch.

»Meine Güte, Etna«, erwidere ich, »schau mal in sein Hemd!«

Nein, Etna hat keine Röntgenaugen. Jeder kann dem jungen Mann mit der Grabesstimmung ins Hemd gucken, denn er trägt ein schwarzes Netzhemd. Die vielen zusätzlichen Löcher in dem ohnehin grobmaschigen Teil legen den Verdacht nahe, dass der Typ schon des Öfteren hier und dort hängen geblieben ist und sich dabei sein Trägerleibchen zerfetzt hat. An einer Feuerleiter im Hinterhof, als er das letzte Mal auf der Flucht war, wovor auch immer. Oder an der heimtückischen Spitze eines Eisenzaunes. Vielleicht sogar an der Mistgabel von Satan?

Eines der Löcher entblößt seine linke Brustwarze komplett.

Ich starre voller Grauen auf das Nippelchen. Etna erschaudert ebenfalls und flüstert: »Der arme Bruder. Der arme, arme Bruder. Ob er wohl große Schmerzen hat?«

»Keine Ahnung«, flüstere ich zurück. »Fragen können wir ihn auch nicht, hat gar keinen Zweck. Die Brüder sind so unterentwickelt, dass sie sowieso nicht sprechen können.«

»Ob das da wohl eine Strafe ist?«, fragt Etna furchtsam.

In einer Welt, in der es Bestrafungen dieser Art gab, sind wir Titten in Zukunft nicht mehr sicher. Ich beschließe, Lisa zu fragen. Die weiß vielleicht mehr.

Lisa antwortet inwendig. »Das ist keine Strafe. Nur eine Mode.«

»Mode?« Ich kann es nicht glauben. »Mode? Wirklich? Und wie heißt diese Moderichtung? Nippel-Haute-Couture? Oder Brustwarzen-Prêt-à-porter?«

»Piercing«, gibt Lisa zurück. »Piercing. Die Leute lassen sich an den verschiedensten Stellen durchstechen und tragen dann dort Kugeln, Ringe und sonst was.«

Fassungslos starren Etna und ich auf den armen, geschundenen Bruder. Jemand hatte ihn durchstochen. Mit etwas Spitzem grausam durchstoßen. Bestimmt hat der Arme geblutet wie wahnsinnig. Dass er das überhaupt überlebt hat, kaum zu glauben. Und dann haben sie auch noch einen silbernen Ring durch ihn durchgezogen.

Etna fragt: »Kann man auch goldene Ringe durchziehen?«

»Sicher«, gibt Lisa leicht abwesend zurück. Sie ist mit ihren Gedanken ganz woanders als meine Zwillingsschwester.

»Kann man auch goldene Ringe mit Brillanten durchziehen?«, will Etna nun wissen.

»Etna, jetzt reicht's«, unterbreche ich sie. »Vergiss es einfach, vergiss es einfach sofort! Du bekommst keinen Brillantring. Basta!«

»Nie kriegt man, was man will«, schmollt Etna.

Ich werfe dem armen Bruder noch einen mitleidigen Blick zu und setze meine Studien fort, indem ich mich nun dem Punk-Girl widme. So miesepetrig sie auch aussieht, sie hat etwas Wunderbares, was ich nicht habe. Ein wunderschönes, buntes Bild oben auf dem Hügelansatz.

Es ist ein Dinosaurier.

Gut, über die Notwendigkeit von Dinosaurierbildern auf Brustansätzen kann man streiten. Aber es wären ja auch Alternativen denkbar. Ein Schmetterling vielleicht.

»Schau mal, Etna«, ermutige ich sie. Sie schmollt nach wie vor, weil sie keinen Brillantring gepierct bekommt. »Da drüben auf der Titte, das hübsche bunte Bild.«

»Gefällt mir nicht«, meckert Etna.

»Es muss ja kein Dinosaurier sein. Was hältst du von einem Schmetterling?«

»Ich will einen Marienkäfer! Marienkäfer sind rot. Ich mag Rot.«

Ich seufze. Etna mit ihrer Leidenschaft für Rot ...

Lisa hat unsere Unterhaltung mit angehört. Jetzt mischt sie sich ein: »Was ihr für ein Bild haltet, ist eine Tätowierung. Sie geht nie wieder weg, nicht beim Waschen, nicht beim Duschen, nicht mit Seife oder Spiritus, sie geht nie wieder weg, versteht ihr?«

»Egal«, antwortet Etna. »Ich will gerne einen Marienkäfer für immer.«

»Weil du nicht weißt, wie man eine Tätowierung macht«, sagt Lisa. »Sie nehmen eine Nadel und piksen lauter kleine Löcher in die Haut, die mit bunter Tinte gefüllt werden. Ein Nadelstich wird neben den anderen gesetzt. Das pikt und brennt und tut entsetzlich weh.«

Etna schweigt. Mir ist klar, was sie tut. Sie stellt sich jetzt Nadeln vor, malträtierende Nadeln in allen Größen, die sich wie Pfeile unerbittlich in sie hineinbohren.

Kleinlaut flüstert sie schließlich: »Ich bin auch ohne Marienkäfer schön. Überhaupt, wer braucht hier Marienkäfer?«

Niemand. Dinosaurier, Schmetterlinge und Marienkäfer sind gestrichen auf Lebenszeit. Liebe Güte, was sitzen uns da für Bekloppte gegenüber? Echte Tittensadisten!

Der männliche Sadist küsst nun ungeniert seinen weiblichen Gegenpart. Er steht wohl auf Dinosaurier, denn er packt hemmungslos zu und lässt das ganze Urvieh in seiner Hand verschwinden.

Lisa verdreht nur angewidert die Augen und schaut in die andere Richtung. Ich mustere die Hände des Punks und kriege dabei das Würgen. Kohlrabenschwarze Fingernägel, als hätte er gerade auf dem Friedhof einen seiner Kollegen eingebuddelt.

Puh, nee, das würde ich mir nie bieten lassen. Jemand mit schwarzen Fingernägeln hat bei mir keine Chance. Und hatte sie auch früher nicht, selbst nicht in Lisas Sturm-und-Drang-Phase ...

Als wir siebzehn wurden, waren Etna und ich auf stattliche Körbchengröße C angewachsen.

Lisa hatte sich insgesamt verändert. Sie lief neu. Sie lief anders. Irgendwie hatte sie den richtigen Dreh raus. Den Rücken hielt sie vollendet gerade. Ihr Hals war kein Entenexemplar mehr, sondern die elegante Schwanenausgabe. Uns drückte sie heraus. Und – ihre nun nicht mehr knochigen, sondern sanft gerundeten Hüften ließ sie kreisen. Rechts, links, rechts, links, rechts, links.

Lisas nach wie vor beste Freundin Marie hatte beschlossen, ihren Geburtstag mit einer anständigen Party zu feiern. Beide Mädchen hatten schon Wochen vorher über der

Gästeliste gebrütet und es tatsächlich zu Stande gebracht, nicht nur die beliebtesten Jungen aus ihrer Klasse einzuladen, sondern sogar ein paar ältere Jungs aus der Nachbarschaft.

Bis fast zur letzten Minute dekorierten die beiden Mädchen Maries Haus. Schließlich blieb Lisa gerade noch genug Zeit, um schnell nach Hause zu rennen, unter die Dusche zu springen und sich umzuziehen.

Mit unserer Hilfe entschied sie sich für eine enge, schwarze Stretchhose und ein anliegendes T-Shirt mit großem Ausschnitt und Dreiviertelarm. Es war knallrot. Damit war Etna endlich mal zufrieden.

Zufrieden? Nun, sie jubilierte.

Endlich ging's los. Die Party war bereits in vollem Gange, als Lisa zur Tür hereinkam. Gut gelaunt bahnte sie sich ihren Weg zum Wohnzimmer, woher gerade die neueste Musik schallte. Lisa lief. Rechts, links, rechts, links, rechts, links. Ihr Hüftschwung war wirklich mehr als gekonnt. Und Etna und ich wippten im Takt.

Lisa ließ ihre Blicke kreisen, genauer gesagt, ihre wunderschönen, riesigen, kristallklaren, blauen Augen.

Niemand schaute sie an.

Alle starrten *uns* an.

Etna fragte: »Warum steht dem Jungen da drüben der Mund offen?«

»Und warum leckt der da sich über die Lippen, wenn er uns anglotzt?«, wunderte ich mich.

»Vielleicht glaubt er, wir wären aus Schokolade.« Etna kicherte vor sich hin.

Lisa ignorierte uns. Sie peilte die Lage. Endlich entdeckte sie Marie. Beide liefen strahlend aufeinander zu und begannen sofort, miteinander zu tuscheln.

»Robert kam als Erster, stell dir vor«, erzählte Marie

atemlos. »Weißt du, was er mir zum Geburtstag geschenkt hat?«

»Was denn, erzähl!« Lisa war neugierig.

»Eine Silberkette mit einem Herzanhänger. Hier, schau, ich habe sie natürlich gleich umgebunden.«

»Das glaub ich ja kaum. Robert war doch bisher immer so schüchtern.«

»Tja, jetzt ist der Knoten wohl geplatzt.« Marie spielte kokett mit ihrem Herzanhänger. »Dann muss ich ihn wohl heute ein bisschen belohnen, was meinst du?«

»Wird dir nicht schwer fallen, so verknallt, wie du bist.« Lisa grinste.

»Dein Schwarm ist übrigens auch schon da.«

»Ehrlich? Jeff?« Plötzlich war Lisa wie elektrisiert. »Wo? Und sag mir, sitzen meine Haare und alles?«

Marie tätschelte Lisa die Wange. »Glaube mir, alles sitzt an der richtigen Stelle. Wo Jeff jetzt genau in dieser Sekunde ist, weiß ich allerdings nicht. Vielleicht im Garten. Oder vielleicht tanzt er auch.«

»Bestimmt nicht. Die älteren Jungs finden Tanzen uncool.«

Doch da täuschte sich Lisa. Jeff tanzte tatsächlich mit einer Klassenkameradin zu einem temperamentvollen Soulstück. So blieb Lisa nichts anderes übrig, als sich in Geduld zu üben. Sie bewegte sich locker von Gast zu Gast, immer schön schwungvoll, rechts, links, rechts, links, rechts, links, nun sogar im Takt der Musik, und plauderte hier und dort, bis sie hungrig und durstig wurde. Quatschen und die Hüften kreisen lassen verbrauchen eben Energie.

Am Getränkebüfett traf sie dann endlich auf *ihn*, den von allen Mädchen heiß begehrten Studenten aus der Nachbarschaft.

Jeff.

Eigentlich hatte sich Lisa erst mal nur eine Cola holen wollen. Das erschien ihr in Anbetracht von Jeffs Anwesenheit zu kindisch. Deshalb griff sie kurz entschlossen zu einer Flasche mit Weißwein.

»Na, Kleine, darfst du das denn schon?«, fragte Jeff neckend und reichte ihr ein Weinglas.

»Kannst ja meine Mami anrufen und sie fragen«, gab Lisa schnippisch zurück.

»Ups, da hat aber jemand sein Mundwerk entwickelt. Den ganzen Rest allerdings auch. Dem kleinen, mageren Mädchen von früher ähnelst du nicht mehr besonders, Lisa.«

»Wohl kaum. Liegt wohl daran, dass man irgendwann schlau wird und den Spinat lieber schluckt, als ihn in hohem Bogen auszuspucken, was?«

Jeff bog sich vor Lachen. Dann schaute er Lisa tief in ihre blauen Augen.

Das ist deshalb so erwähnenswert, weil darauf eine mir völlig unbekannte Reaktion folgte. Jeff schaute Lisa also in die Augen, Lisa erwiderte seinen Blick und – ihr Herz begann aufgeregt zu hüpfen. Einfach nur vom Angucken, unglaublich.

Lisas Herz hüpfte, und was blieb mir anderes übrig, als mitzuhüpfen? Je intensiver Jeff guckte, desto mehr hüpfte ich, bis mir schließlich vor Aufregung ganz heiß wurde.

Die Musik wechselte plötzlich und wurde total schmalzig. So hätte ich sie jedenfalls wohl unter normalen Umständen beschrieben, ja, als triefend kitschig, rührselig und sentimental! Etwas hatte aber meine Sinne derart durcheinander gewirbelt, dass ich die Schmalzmusik herrlich fand. Bestrickend. Betörend. R-O-M-A-N-T-I-S-C-H.

Auf einmal wurde das Licht dunkler. Eine Fata Morgana? Eine tittenspezifische, halluzinative Wahrnehmungsstörung?

Nein, ich atmete auf, jemand hatte am Dimmer gedreht.

Jeff griff nach Lisas Arm und zog sie auf die Tanzfläche. Er umarmte sie und bewegte sich langsam zur Musik. Ich konnte sein Hemd nah vor mir sehen. Es war aus dunkelblauem Leinen. Die Leinenstruktur kam näher und näher. Dann sah ich gar nichts mehr, weil er Lisa so eng an sich gezogen hatte, dass ich in seinem Hemd angekommen war.

Er war ganz warm, stellte ich fest. Durch sein Hemd hindurch konnte ich seine Muskeln spüren.

Ich erbebte.

Es war schließlich der erste Männermuskel meines Lebens!

Lisa lehnte ihren Kopf an Jeffs Schulter, woraufhin Jeff sie noch fester an sich zog. Seine Hände ließ er über ihren Rücken gleiten. Hoch und runter und dann am Hals entlang. Langsam glitten seine Hände wieder nach unten, aber diesmal hatte er eine seitliche Route gewählt.

Da passierte es. Zart berührte er mich am äußeren Rand meiner Halbkugel. Ich erschauderte vor Wohlgefallen.

»Mehr. Mehr«, flüsterte ich hingerissen in sein Hemd.

Sanft rieb ich mich während der nächsten fünf Songs an ihm und genoss jeden zufälligen oder beachbsichtigten Kontakt mit seinen Händen. Wohlige Wonnewellen berauschten mich. Oder waren es seine Hände? Oder? Egal.

Die Musik änderte ihren Rhythmus. Heiße südamerikanische Hits erklangen. Mir blieb nichts anderes übrig, als mich höchst widerwillig mit Lisa zusammen von Jeff zu lösen.

»Gehen wir in den Garten?«, fragte Jeff.

»Sag schon ja«, raunte ich Lisa zu.

Lisa nickte und folgte Jeff. Der Garten hinter Maries Haus war wohlgepflegt. Die Dämmerung war schon längst hereingebrochen, so dass alles anheimelnd samtig aussah.

Ich konnte der Unterhaltung der beiden nicht folgen, weil ich immer noch verwirrt war. Verwirrt über meine Empfindungen und Reaktionen, die ich teilweise nicht mit meinem kühlen Sachverstand beherrschen konnte. Das Einzige, was ich registrierte, war, dass Lisa in ihrem Gespräch mit Jeff ab und zu ins Stottern geriet und dass ihr Herz weiter ackerte, was die Pumpe so hergab.

Jeffs Stimme wurde immer tiefer, und sein blaues Leinenhemd kam immer näher, bis ich seinen Duft wieder deutlich wahrnahm. Gierig sog ich ihn ein.

»Du machst mich so an«, sagte Jeff rau.

Lisa schluckte nervös.

»Du machst mich so heiß«, flüsterte Jeff und zog Lisa in seine Arme.

Ich weiß genau, was die da oben taten. Sie küssten sich. Erst vorsichtig, dann immer länger. So mit allem Drum und Dran. Das erste Zungenküsschen, das zweite, längere Zungenküsschen, ein langer, kaum enden wollender Riesenzungenkuss.

Dann beschäftigte sich Jeff endlich wieder mit mir. Seine Hände griffen zu. Ich lag in seiner rechten Hand, Etna in seiner linken. Niemand konnte es in der Dunkelheit sehen, aber ich wurde knallrot. Der runde Kreis um mein Köpfchen herum zog sich blitzschnell zusammen, mein Köpfchen schwoll an und wurde in seiner Hand ganz hart.

»Eine Mordsfigur hast du! Und für deine Titten brauchst du eigentlich einen Waffenschein«, raunte Jeff heiser, während er Lisa weiter küsste.

Mir ging ein Licht auf. Deshalb gab es diesen Ausdruck: »mit den Waffen einer Frau«. Damit waren also wir Titten gemeint!

Wo man wohl so einen Waffenschein beantragen musste? Gab's dafür ein bestimmtes Formular? Würden wir bei der

Polizei vorstellig werden müssen? Oder im Verteidigungsministerium?

Bevor ich weiter überlegen konnte, schwanden mir schon fast wieder die Sinne. Ich konnte nichts dagegen tun. Ich war auf dem besten Wege, Jeffs Händen hörig zu werden.

Wäre es nach mir gegangen, hätte ich die Zeit angehalten und den Rest meines Tittendaseins zusammen mit Jeff in diesem dämmrigen Garten verbracht. Lisa dagegen entschied, dass es um Mitternacht Zeit war, nach Hause zu gehen. Der Abschied von Jeff ließ mich noch einmal erglühen.

Als ich wieder zu mir kam, stand Lisa bereits in ihrem Zimmer nackt vorm Spiegel. Sie betrachtete mich, bevor sie ihr Nachthemd überstreifte. Dann seufzte sie.

»Weißt du, ohne euch war das Leben scheußlich«, erinnerte sie sich. »Mit euch jetzt ist es schwierig.«

»Wieso schwierig? Läuft doch alles herrlich!«, schwärmte ich.

»Tut es nicht. Weil immer die Ungewissheit im Raume stehen wird: Wollen die Kerle mich? Oder wollen sie euch?«

Nun war ich baff. In meiner ungezügelten jugendlichen Wollust hatte ich darüber natürlich überhaupt nicht nachgedacht. Ich kam mir plötzlich so leichtfertig und verworfen vor.

In dieser Nacht schlief ich beunruhigt ein mit der Frage: Bin ich etwa ein Vamp?

Dieser Sommer, als Lisa und Marie siebzehn wurden, war endlos und heiß. Zu meinem Leidwesen musste Jeff wieder in die Uni, so dass ich keine Chance mehr hatte, mich an ihm zu ergötzen. Die Erinnerung an ihn verblasste mit der

Zeit, mein Faible für blaue Leinenhemden ist bis heute geblieben.

Lisa jedenfalls blies nach Jeffs Abreise nicht lange Trübsal. Sie war kein Kind von Traurigkeit und wild entschlossen, in diesem Sommer dem Wesen der Männer näher auf die Spur zu kommen.

Ich war bereit mitzuziehen. Außerdem hatte ich einen Entschluss gefasst. Nie wieder wollte ich so egoistisch sein, dass ich einfach ohne Rücksicht auf Lisas Gefühle meinen Tittensex genoss. Ich hatte so eine Ahnung, dass wir besser fuhren, wenn wir zusammenarbeiteten. Teamgeist war angesagt: Eine für alle, alle für eine!

Lisa fand das sehr plausibel. Wir waren uns einig. Wenn eine von uns jemanden nicht mochte, dann würde auch nichts laufen. Sollten wir aber alle drei begeistert sein, ja, dann gäbe es vielleicht ein Erlebnis der besonderen Art.

Unser erstes Opfer hieß Oliver.

Oliver gefiel Lisa, weil er so musikalisch war. Er spielte täglich viele Stunden Klavier, und Lisa sah ihm gern dabei zu, wie seine Finger geschickt über die weißen und schwarzen Tasten glitten.

Eines Nachmittags war es dann so weit. Lisa hatte sich zu ihm auf die Klavierbank gesetzt. Als sich Oliver wiederholt verspielt hatte, ließ er die Hände sinken.

»Ich kann mich nicht konzentrieren, wenn du so nah bei mir sitzt«, sagte er zu Lisa.

»Nein?«, fragte sie lockend und rückte noch näher.

Hm. Er roch ziemlich neutral, nicht aufregend. Gewaschen, jedoch nicht parfümiert. Aber – seine Hände waren ausgesprochen vielversprechend. Von einer gewissen Fingerfertigkeit konnte man schon ausgehen, oder?

Ich wartete jedenfalls erst mal ab.

Oliver konnte nicht mehr an sich halten. Er küsste Lisa auf den Mund. Ganz vorsichtig, ganz scheuer Künstler eben. Lisa umarmte ihn und brachte ihm ein paar Kussvarianten bei, die sie von Jeff gelernt hatte.

Ich wartete geduldig.

Als Nächstes streichelte er Lisas Haare und ihre Wangen. Zwischendurch küsste er sie aufs Ohr.

Ich hatte Zeit. Ich konnte ausharren.

Eine seiner reizvollen Klavierspielerhände landete auf Lisas Knie, das er liebkoste. Die andere Hand legte er auf ihre Hüfte.

»Huhu, hier spielt die Musik, hallo, ich bin auch noch da«, rief ich glucksend. Natürlich konnte er mich nicht hören, aber vielleicht gab es ja eine Art Gedankenübertragung.

Gab es nicht. Denn nun schien er zu vermuten, dass Lisas Ellenbogen auch Zärtlichkeit wollten, und rieb ein wenig an ihren Armen herum.

Mir wurde langweilig.

Lisa küsste ihn leidenschaftlich, um sein Blut in Wallung zu bringen. Oliver stöhnte auf. Er vergrub seinen Kopf in ihrer Halsbeuge.

Dann bemerkte er mich.

Staunend starrte er auf mich herunter und beobachtete mein leichtes Beben. Wieder stöhnte er auf, küsste Lisa und streckte seine Hand nach mir aus.

Endlich.

Jetzt.

Nanu?

Was tat er?

Tat er es wirklich?

Ja. Er spielte auf mir Klavier!

Seine Fingerspitzen tippten auf mir herum. Alle fünf. Eine imaginäre Melodie in einem imaginären Takt.

Als Nächstes kitzelte unser Mozart mich unbeholfen. Dann zupfte er auch noch mit Daumen und Zeigefinger an meinem Köpfchen. Mensch, Junge, kauf dir doch 'ne Harfe und üb damit.

»Hey, Lisa, der klimpert auf mir herum. Der benutzt mich als Piano. Der soll damit aufhören! Lisa, tu was!«, rief ich entnervt.

Alle für eine. Eine für alle.

Lisa hielt seine Hand fest und legte sie zurück auf die Klaviertasten. Dann gab sie ihm noch einen Kuss auf die Stirn und flüsterte: »Mein Gott, was mache ich hier bloß? Ich halte dich von deiner Kunst ab, das geht doch nicht. Spiel mir lieber noch etwas vor.«

Ich atmete auf.

Mozart bekam übrigens nie wieder die Gelegenheit, Lisa zu küssen oder auf mir herumzuklimpern.

Dafür aber Bill.

Bill war groß und kräftig. Ein Star auf dem Baseballfeld. Mit meiner und Etnas Hilfe schaffte Lisa es, Bills Interesse zu wecken. Dann probierte Lisa eine neue Taktik aus, damit das Flirtleben nicht zu eintönig wurde: Sie ließ Bill zappeln.

Bill rief morgens an, Bill rief abends an. Lisa rief nicht zurück. Am nächsten Tag rief Bill fünfmal an, erwischte aber nur Lisas Mutter, weil Lisa einfach nicht an den Apparat kam. Am dritten Tag erbarmte sie sich, mit ihm zu sprechen, und stimmte lapidar zu, ihn irgendwann bald mal zu treffen. Zusammen mit Marie lag sie auf ihrem Bett, lutschte verschiedenen Sorten Eis und kicherte, sobald das Telefon klingelte. Den Hörer nahm sie in den folgenden Tagen gar nicht mehr ab.

Am Wochenende schließlich gestattete Lisa Bill gnädig, sie auszuführen. Zuerst gingen sie in ein schickes Restaurant, in dem Lisa gegrillte Scampi und Bill ein blutiges

Steak verzehrte. Danach fuhren sie mit Bills Auto an den Fluss. Bill ließ Lisa genau fünf Minuten Zeit, die glitzernden Lichter auf der anderen Seite des Ufers zu bewundern, bis er sich auf sie stürzte. Es war sozusagen ein Sturmangriff.

Nur – wir waren ja hier nicht im Krieg.

Bill drückte mir mit einem Griff die Luft ab. Dann quetschte er an Etna und mir herum, als gelte es, nimmer versiegendes Öl aus uns herauszuholen. Schließlich ging er zu rhythmischem Kneten über. Baseball-Bill knetete, was das Zeug hielt.

Ich fand, dass ich nicht dafür herhalten musste, dass Bill in seiner Jugend kein Plastilin, keine Knete und keinen Ton zum Spielen bekommen hatte.

Ich fand, dass mangelnde Sauerstoffzufuhr mein Wohlbefinden stark beeinträchtigte.

Ich fand, dass es nun überhaupt genug war!

Etna kreischte bereits empört, und ich rief Lisa laut zu: »Wir spielen nicht mehr mit. Der Mann ist ein Titten-Dilettant!«

So scheiterte diese Verbindung zwischen dem großen Baseball-Bill und der wunderhübschen Lisa. Bill fragt sich sicher bis heute, warum. Nun, wenn er diese Zeilen liest, weiß er endlich Bescheid.

Es gab noch einige weitere Fehlversuche mit anderen Herren der Schöpfung. Ich wehrte mich gegen klebrige Pfoten und fordernde Tentakel. Ich protestierte bei fahrigen Fummeleien und hektischen Drückereien. Und ich lernte, den Überraschungsgreifer vom Überrumpelungsgrabscher zu unterscheiden!

Einen Sommer später war es dann endlich so weit. Wir fielen einem männlichen Exemplar der Extraklasse in die Hände. Etna hatte keine Einwände, ich beurteilte ihn als

Zauberer und war bereit, mich seiner Magie hinzugeben. So auch Lisa.

Gemeinsam hatten wir unseren ersten Orgasmus.

Kurz, heftig und überraschend.

Seitdem ist eines glasklar: Vielleicht bin ich wirklich ein Vamp, eine Titten-Vampin. Ja, vielleicht. Aber eine hochsensible mit hohem Erotikpotenzial.

Karriere

Der Punk-Typ samt dem armen, gepiercten Bruder und die Punkerbraut mit dem tätowierten Dinosaurier setzen sich in Bewegung. Schlapp und demotiviert schlurfen sie zur Tür, die sich surrend öffnet. Dann steigen sie aus der U-Bahn aus. Sicher auf der Suche nach Gleichgesinnten, nach anderen Gestalten, die sich am wohlsten fühlen, wenn ihnen die Haare zu Berge stehen, die Haut vom Durchstechen zwickt und brennt und um Gottes willen nicht zu viel gelacht wird.

Lisas Stimmung ist auf dem Tiefpunkt angekommen. Ich hoffe, sie hat sich jetzt nicht auch noch vom No-future-Virus anstecken lassen. Kann nicht mal ein Clown einsteigen, einer mit einer fröhlichen Knollennase?

Leider gibt es keine komödiantische Einlage, sondern ein Gipsbein. Einen Mann mittleren Alters mit einem Gipsbein und zwei Krücken, um genau zu sein. Mühsam humpelt er ins Abteil hinein und versucht, weder mit den Krücken auszurutschen noch seine abgewetzte braune Aktentasche zu verlieren.

Als Lisa ihn erblickt, steht sie sofort auf und bietet ihm höflich ihren Platz an. Erstklassig! Können wir doch heute gar nicht genug gute Taten vollbringen, um wertvolle positive Schicksalspunkte zu sammeln. Diesem bemitleidenswerten, verletzten Mann muss man einfach helfen. Schließlich hat er einen Bruch, womöglich einen sehr komplizierten mit Knochenabsplitterungen und frisch genageltem Schienbein. Vielleicht sogar mit abgerissenen Sehnen oder verloren gegangenen Kreuzbändern.

Der Arme!

Auch Etna schaut ihn fürsorglich an. Sie mag ja nicht die Schnellste sein, aber sie hat ein gutes Herz.

Der Mann mit dem Gipsbein stellt seine Krücken ans Fenster und hebt seine Aktentasche auf den Schoß. Lisa, die neben ihm steht und sich an der oberen Haltestange festklammert, wirft einen gelangweilten Blick in die abgewetzte Tasche hinein. Diverse Papiere kann sie ausmachen, eine Brieftasche, ebenfalls abgewetzt, und eine durchsichtige Plastiktüte mit einem grünen Apfel, der einige braune Dellen aufweist. Außerdem eine Zeitschrift. Schon leicht zerfleddert, also wohl bereits oft durchgeblättert. Sicher ein langweiliges Fachmagazin für den Sportangler, den Computerfachmann oder den Autoersatzteilexperten. Na ja, wofür Männer sich eben so interessieren.

Gelangweilt will Lisa gerade weggucken, als sie hörbar die Luft durch die Nase einzieht.

Der Arme?

Von wegen.

Das Schwein!

Ebenso wie Lisa habe ich die Lage gepeilt. Ha, nichts da mit Sportangeln! Diese Zeitschrift ist ein Fachblatt für den Mann, der sich für Frauen interessiert. Für nackte Frauen. Für hüllenlose Frauen.

Klar. Da sitzt er dann gemütlich in der U-Bahn oder an seinem Schreibtisch im Büro, mampft pünktlich zur Pause einen wurmstichigen Apfel und glotzt dabei fremde, nackte Frauentitten an.

Der Lüstling!

Lisa bereut auf der Stelle, dass sie ihm ihren Platz angeboten hat, und würde ihm am liebsten gegen sein Gipsbein treten. Verdient hätte er es. Vielleicht könnte ihm Lisa wenigstens die Krücken wegnehmen. Sollte er doch nach Hause kriechen, der perverse Wurm. Mit dem Gesicht im Staub und seinem Magazin als Warnung für alle anderen Kerle auf den Rücken geheftet!

Liebe Güte, wenn ich daran denke, dass ich fast selbst in diese Zeitschriftenindustrie geraten wäre ...

Es gab eine Zeit, in der die Welt aus Weggabelungen zu bestehen schien.

Rechts oder links entlang?

Studieren an der warmen, kalifornischen Westküste? Das wollte meine Tittenschwester Etna gerne, die so gerne Bikinis vorführte. Oder an der Ostküste, zum Beispiel an der Columbia-Universität im hippen New York? Das wollte Etna ebenfalls gerne, weil es in New York die coolsten Wäschegeschäfte gab.

Schwerpunkt musisch-kulturell-kreativ oder mathematisch-ökonomisch-physikalisch?

Kinderkriegen oder Karriere?

Wenn Kinderkriegen, dann warum und von wem?

Wenn Karriere, dann welche und wie?

Wenn beides, dann in welcher Reihenfolge?

Herrje, es war nicht einfach, zumal Lisa keine Kristallkugel besaß, die die Zukunft etwas weniger nebulös hätte darstellen können. Es ist schon gemein, wenn man werden kann, was man will, aber keine Ahnung hat, was man will.

Ich war jedenfalls bereit, meine Frau zu stehen! Von morgens bis abends überlegte ich, wie ich mich in Lisas Berufswahl einbringen könnte und welche Anforderungen speziell ich erfüllen würde. Wo waren sie, die Talente, die zu einer Karriere führten?

Schließlich hatte ich eine zündende Idee! In Lisas Zeitschriftengeschäft gab es eine ganze Ecke mit Frauenmagazinen. Ich nannte sie so, weil auf jeder Titelseite eine andere Frau abgebildet war. In leichter Sommerkleidung, im Bikini oder auch in einer transparenten Bluse. Bei einigen Fototerminen hatte das Geld für Kleidung gar nicht gereicht, da sah man dann die hübschen Frauen eben einfach mit nackten Titten. Hatten wir schon im Biologieunterricht gelernt, dass das alles ganz natürlich war.

Fortan träumte ich von einer Karriere als Fotomodell.

Ich könnte mich bei den berühmtesten Fotografen in New York bewerben. Sie würden sicher erkennen, dass ich gut gewachsen und absolut titelseitentauglich war. Schon sah ich mich im Blitzlichtgewitter und in schicken, loftartigen Studios, immer im Mittelpunkt des Interesses. Und am Ende eines Arbeitstages mit einem satten Scheck ausgestattet. Ja, ich könnte als Tittenmodell sicher für unseren Lebensunterhalt sorgen und mit ein bisschen Glück vielleicht sogar reich werden!

Während ich sämtliche Schachzüge für einen erfolgreichen Start meiner vielversprechenden Laufbahn durchdachte, hörte ich, wie Lisa und Marie sich über Filme unterhielten.

»Ich mag ja die alten Filme lieber als die neuen«, erklärte Marie. »Letztes Wochenende habe ich mir in der Videothek ein paar Schwarz-Weiß-Filme ausgeliehen. Lisa, den einen musst du unbedingt sehen. Ich schau ihn mir mit dir zusammen noch mal an.«

»Super. Wer spielt denn?« Lisa sog an ihrem Strohhalm, hörte Marie aber aufmerksam zu.

»Marilyn Monroe!«

»Herrlich. Der Busenstar!«

Ich wurde hellhörig. Ein Filmstar? Ein Busenstar?

»Ja, Mensch, die ist vielleicht sexy in dem Streifen. Und sie sieht tatsächlich toll aus in jeder Einstellung. Genau wie Mae West in ihren Filmen.«

»Na, Mae West hat ja auch ihre Kurven vorgezeigt. Übrigens, meine Mutter muss irgendwo noch Filme aus den sechziger Jahren mit Brigitte Bardot haben. Die hat alle Männer verrückt gemacht. Nicht nur in Frankreich, überall. Mit ihrem Unschuldsblick und ihren Riesentitten«, kicherte Lisa.

Ich war ganz aufgeregt. Das war ja noch viel besser als die Arbeit für Magazinfotos. Was Mae West, Marilyn Monroe und Brigitte Bardot konnten, würde ich auch schaffen. Ich war rund, ich war gesund – und hatte eiserne Disziplin. Etna würde ich bestimmt auch in den Griff kriegen, zumindest wenn ich ihr jeden Monat einen neuen roten BH versprach. Es konnte also losgehen mit meiner Karriere als Filmstar!

Inzwischen hatte Lisa ihre Cola ausgetrunken. »Sag mal, Marie, hast du eigentlich schon mal einen Pornofilm gesehen?« Sie lächelte verschwörerisch.

»Einen Pornofilm?«, fragte Marie entgeistert.

Wovon sprachen die beiden? Was war ein Pornofilm?

»Hast du nicht, stimmt's?«, hakte Lisa nach.

»Nein, du etwa?«

»Nein. Aber findest du nicht, dass wir zwei aufgeklärten Frauen diese Wissenslücke schließen sollten?« Lisa grinste über das ganze Gesicht.

Marie fing an zu kichern. »Ist das dein Ernst, Lisa? Du willst mit mir in einen Pornofilm gehen?«

»Klar«, antwortete Lisa unbekümmert. »Wir sind volljährig. Wir können tun, was wir wollen. Und wir wollen einfach über dieses Mysterium auch Bescheid wissen, oder?«

»So gesehen ...«, antwortete Marie und kicherte weiter.

»So gesehen ziehen wir uns heute unseren ersten Porno rein«, lachte Lisa und griff nach ihrer Handtasche.

Mir sollte es recht sein. Je konkreter ich meine Berufswünsche definieren konnte, desto besser. Vielleicht war dies ja eine Art von Film, für die ich prädestiniert war.

Der Stadtteil, in dem wir landeten, war nicht besonders hübsch. Ein wenig zu düster für meinen Geschmack.

An einer Straßenecke wartete eine junge Dame auf jemanden. Hui, sie war offenherzig bekleidet. Ihre wahnsinnig langen Beine steckten in schwarzen Strümpfen. Das Röckchen war derart kurz, mehr eine Art Bauchbinde, dass man ihre Strumpfhalter sehen konnte. Aus schwarzer Spitze. Die hochhackigen Schuhe waren aus Lack. Etna starrte sie gebannt an. Nun ja, sie waren knallrot und glänzend. Das war natürlich etwas für meine Zwillingsschwester.

Der Kavalier, auf den die junge Dame wartete, kam sicher zu spät. Eine Gemeinheit, sie würde sich noch erkälten.

Dann fiel bei mir endlich der Groschen. Natürlich! Sie war sicher eine Tänzerin. Mit diesen langen Beinen und den tollen Spitzenstrapsen würde sie sicher jeden Abend irgendwo auftreten. Auch das konnte ich mir als Option vorstellen. Lisa hatte ebenfalls lange Beine. Und Etna und ich würden das schon hinbekommen: ein wenig rechtsherum kreisen, ein wenig linksherum wippen. Mit ein bisschen Übung ging doch alles.

Lisa und Marie liefen an der Tänzerin vorbei und schlenderten auf die andere Straßenseite. Dort war ein Restaurant. Eines dieser Restaurants, die ihre Speisekarte in einem Schaukasten haben, das konnte ich schon von weitem erkennen. Je näher wir kamen, desto deutlicher sichtbar wurden aber anstelle der vermuteten Speisekarte einige Fotos. Fotos mit Frauen darauf.

»Sieh dir das an«, sagte Marie und deutete auf den Schaukasten.

Lisa blieb stehen. Sie betrachtete die Fotos. »Originell, was?«

»Mal was anderes«, antwortete Marie.

»Regt sicher an!«, sagte Lisa.

»Regt sicher auf!«, ergänzte Marie.

Die Fotos zeigten, tja, eine weitere Tänzerin, nahm ich an. Ihr Bühnenoutfit bestand aus einem kurzen Pailletten-höschen und – Bommeln. Auf ihren nackten Titten klebten Bommeln, genauer gesagt, auf den Tittenköpfchen. Die Bommeln hingen von den Brustwarzen herab.

Eine merkwürdige Idee, aber so war das nun mal in der Kunst. Ein Tittenkünstlerinnenkostüm war nun mal kein Chanel-Kleidchen für die Teestunde.

Ich überlegte, wie die Bommeln wohl befestigt waren. Wahrscheinlich brauchte man einen ganz speziellen Klebstoff, damit sie nicht herunterfielen. Klebstoff aufs Köpfchen? Nein, dafür war Etna zu empfindlich, die kriegte sicher eine Allergie von so was.

Trotz der aparten Bommelidee beschloss ich also, an meinem ursprünglichen Einfall festzuhalten und mich auf eine Filmkarriere vorzubereiten.

Endlich waren wir am Kino angelangt. Der Film, für den Lisa zwei Karten kaufte, hieß »Heißes Badevergnügen«.

Spitze!

Ein toller Titel!

Heißes Badevergnügen! Wo ich doch kaltes Wasser so

sehr hasste. Aber heißes? Herrlich. Nichts war doch schöner, als sich in einer Badewanne mit heißem Wasser zu erholen.

»Ganz leer hier um diese Uhrzeit.« Lisa hatte den Kinosaal als Erste betreten.

»Kein Wunder. Es ist heller Tag. Ich schätze mal, die meisten gucken sich abends Pornofilme an, oder?«, vermutete Marie.

»Wahrscheinlich. Nur wir nicht. Und das Pärchen da vorne. Komm, wir setzen uns in die Mitte.« Lisa ging voran.

Komisches Kino. Es gab gar kein Popcorn.

Es kamen auch keine weiteren Zuschauer. Gerade als das Licht ausging, gesellte sich aber doch noch ein Badespaßinteressent zu uns. Der Mann nahm drei Sitzreihen hinter uns Platz.

Also, dann auf ins Vergnügen. Die Hauptperson des Films hieß Trixie. Trixie war eine Blondine mit toupiertem Haar und einem auffällig breiten, schwarzen, lang gezogenen Lidstrich. Wunderschön, wie die Kleopatra aus Ägypten.

Ganz offenbar war Trixie gerade von der Arbeit nach Hause gekommen. Ihr erster Weg führte sie ins Badezimmer.

Was für ein Badezimmer!

Das war das Badezimmer eines Stars!

In der Mitte der Oase thronte auf einem Podest eine riesige, kreisrunde Wanne. Lächelnd stieg Trixie die Stufen zur Wanne hinauf und drehte das Wasser an. Sie gab ein paar Tropfen Badezusatz in das sprudelnde Nass und sofort bildete sich toller Schaum.

Ich seufzte. Und beneidete Trixie glühend. Wie elegant sie sich vorgebeugt hatte! Es war ihr gelungen, sich dabei wohlig zu räkeln und der Kamera einen Blick in ihr Dekolletee zu gestatten. Tja, diese raffinierten Feinheiten lernte man bestimmt nur auf einer guten Schauspielschule.

Der Star ging noch einmal zurück in den Korridor und öffnete die Wohnungstür. Komisch, na ja, vielleicht wusste sie, dass ihr Ehemann seinen Schlüssel vergessen hatte.

Fix zog sie sich nun aus.

Hm. Normalerweise sah man immer nur die nackten Beine, einen Schnitt auf die nackten Schultern und vielleicht noch die ganze Schönheit kurz von hinten. Unsere Trixie aber zeigte sich ungeniert, bückte sich sogar nach vorne, nahm ihre Titten in ihre Hände und schob sie uns Zuschauern entgegen.

Drei Reihen hinter uns ertönte ein Laut. Ein Grunzen.

Lisa stieß Marie in die Seite. »Wetten, das gefällt dem.«

»Logisch«, gab Marie zurück.

»Und das ist erst der Anfang.«

Es war wirklich erst der Anfang. Denn nun erschien der Ehemann auf der Bildfläche. Der, der den Schlüssel vergessen und für den Trixie extra die Tür offen gelassen hatte. Er begrüßte Trixie, zog sofort sein Hemd aus, kniete sich vor die Wanne und streckte beide Arme in das warme Wasser. Wahrscheinlich, um die Temperatur zu prüfen.

Schwerer Irrtum.

Der Ehemann prüfte nicht die Temperatur, sondern verpasste Trixie eine Unterwassermassage, bis sie quiekend mit den Augen rollte. Dann rieb er ihre Brustwarzen zwischen Daumen und Zeigefinger. Woraufhin ihm die brave Ehefrau ihre beiden, übrigens überdimensionalen Titten mit Wonne überließ und sich beglückt über so viel Zuwendung mit geschlossenen Augen nach hinten bog.

Drei Reihen hinter uns ertönte wieder ein Laut. Diesmal ein Stöhnen.

Trixie erhob sich nun in der Wanne. Auf ihrer nackten

Haut konnte man deutlich die Schaumbläschen sehen. Auch ansonsten konnte man ganz deutlich alles sehen.

Drei Reihen hinter uns ertönte ein neuer Laut. Eine Mischung aus Grunzen und Stöhnen.

Dem Ehemann wurde nun feierlich der Reißverschluss seiner Hose geöffnet. In Großaufnahme durften wir dabei zusehen. Trixie hatte lange, knallrote Plastikfingernägel und ging ganz vorsichtig zu Werke, weil sie ihn nicht verletzen wollte. Ihn, seinen, hm, gut, ich verrate es, also: seinen Penis. Den holte sie langsam, fast in Zeitlupe, aus der Hose heraus.

»Boh, ist das ein Ding«, entfuhr es Lisa.

»Ein Mordsding«, stimmte Marie zu.

Ich bekam eine Gänsehaut. Soweit ich es beurteilen konnte, hatten die Mädchen Recht. Aber, bitte, was war das nur für ein komischer Film?

»Ich glaube, ich spinne«, flüsterte Lisa. »Jetzt lutscht die ihm einen.«

Drei Reihen hinter uns wechselte sich nun das Stöhnen mit einem eigenartigen Hecheln ab.

Ich fand ja nach wie vor, dass das da auf der Leinwand Privatsache war und in einem Kino nichts zu suchen hatte. Ich fand außerdem, dass jemand, der solche Gesundheitsstörungen wie der Mann hinter uns hatte, besser zu Hause bleiben als sich in ein Kino setzen sollte.

Endlich zog sich der Ehemann ganz aus und rutschte mit Trixie zusammen in die heißen Fluten.

Dann trieben die beiden es miteinander.

Erst mal von vorne.

Im zweiten Akt ausführlich von hinten.

Und wenn sie nicht gerade in der Badewanne gewesen wären, in der ihnen akute Ertrinkungsgefahr drohte, hätten sie es sicher auch noch von der Seite gemacht.

Drei Reihen hinter uns wurden die Geräusche nun schneller. Grunz, stöhn, hechel, grunz, stöhn, hechel. Stöhn, stöhn, stöhn, stöhn, aaaaaaahhhhhhhhh.

Die Geräusche brachen ab. Das Quietschen des Sitzes ließ darauf schließen, dass der Mann drei Reihen hinter uns das Kino verließ.

»Er geht vorzeitig«, raunte Marie Lisa zu.

»Wahrscheinlich, weil er vorzeitig gekommen ist«, gab Lisa zurück und kicherte.

»Willst du noch mehr sehen?«, fragte Marie.

»Nein, mir reicht's«, antwortete Lisa.

Mir auch. Und wie!

Wir standen auf und gingen Richtung Ausgang. Der Mann drei Reihen hinter uns war wirklich bereits verschwunden. Das Einzige, was von ihm übrig geblieben war, war ein offensichtlich benutztes Taschentuch, das er auf den Boden geworfen hatte.

Ich warf einen prüfenden Blick auf das Taschentuch. Wie soll ich es bloß ausdrücken? Na, die Nase hat er sich damit jedenfalls nicht geputzt.

Mir war nach dieser Pornoerfahrung kotzübel und Etna fast ein bisschen grün um das Köpfchen herum. So beschloss ich, das Geldverdienen doch besser Lisa zu überlassen.

Sie entschied sich für ein Betriebswirtschafts-Studium.

Wie unspektakulär.

Besonders in einem Zeitalter, in dem Frauen zum Mond flogen, auf Hawaii Wettkämpfe zur Iron-Woman bestritten oder Forschungsteams angehörten, in denen Schafe geklont und Mäuse gegen hirnchemisch bedingte Depressionen behandelt wurden.

Manchmal denke ich noch heute, dass ich vielleicht trotz alledem ein Star hätte werden können, ein großer, international beliebter und gefeierter Star. Kein Pornostar natürlich, aber vielleicht ein Busenstar.

Vesuvia Monroe, das klingt doch nicht schlecht?

Manipulationen

Der Gipsbeinmann futtert gerade seinen Apfel. Nicht unbedingt dezent und leise, nein, er schmatzt genüsslich, während die U-Bahn durch die Tunnel rattert. Selbst vor einer besonders großen, tiefen Apfeldelle macht er nicht halt, sondern zieht sich ungerührt und ohne eine Miene zu verziehen auch diese dunkelbraune Stelle hinein. Hat eben keinen Geschmack, der Fiesling.

Das Schmatzen verstummt, er hat die faulige Frucht vertilgt. Hoffentlich waren ein paar Würmer und Maden darin, die in den nächsten Stunden seine Magen- und Darmflora ein wenig durcheinander bringen. Vielleicht könnten sie ein kleines Loch in seine Gedärme beißen, nur ein ganz klitzekleines.

»Pfui, Vesuvia!«, ermahne ich mich selbst. Ich will doch immer eine liebe und politisch korrekte Titte sein, spinne aber stattdessen diskriminierende Verwünschungen für den schleimigen Pornozeitschriftenfan, pfui! Also gut, selbst Ekelpakete und Perverse haben ein Recht auf eine reibungslose Verdauung.

Den abgenagten Apfelstrunk verstaut der Gipsbeinmann jetzt in der Apfelplastiktüte und schiebt das Ganze dann in seine alte Aktentasche zu seinem moralisch grenzwertigen Herrenfachblatt. Wahrscheinlich kann er es kaum abwarten, nach Hause zu kommen, um sich dieser anregenden Lektüre zu widmen. Die Pornozeitschrift wird bei dieser Gelegenheit noch ein paar weitere Fingerabdrücke mit Apfelsaft abbekommen, wobei zu hoffen wäre, dass er seine Grabscher nicht auf die sensibelsten Teile der Modelle legt.

Voller Vorfreude auf seine Feierabendbeschäftigung schaut er sich um, schaut weiter, bis sein Blick ausgerechnet an mir hängen bleibt.

Manchmal beneide ich Lamas um ihr Spucktalent, wirklich!

Nur meine gute Erziehung und der Glaube, dass jede Schweinerei, die man ausheckt, wie ein Bumerang zurückkommt, hindern mich daran, den Pornoheftfan nun richtig mit Anlauf zu verfluchen. Obwohl sein zweites Bein, das ohne Gips, geradezu unverschämt gesund aussieht ...

Puh, angesichts meiner hexigen Gedanken bin ich froh, als Lisa endlich aus der U-Bahn aussteigt. Sie seufzt, schaut auf die Uhr und läuft schnellen Schrittes hinaus auf die Straße.

»Mist, so ein Mist«, entfährt es ihr lauthals.

Offenbar ist unser Bus gerade abgefahren. Da stehen wir nun und müssen warten. Wieder wirft Lisa einen Blick auf die Uhr. Sie will auf keinen Fall zu spät kommen. Wenn es nach mir ginge, dann könnten wir uns ruhig noch ein wenig Zeit lassen.

Um mich abzulenken, studiere ich meine Geschlechtsgenossinnen. Im Sommer sind sie immer besser zu sehen als zu allen anderen Jahreszeiten. Und – man kann sich ohne dicke Jacken und Mäntel leichter miteinander unterhalten.

Unterhalten?

Gepflegte Straßenkonversation von Titte zu Titte?

Ja, natürlich. Alle Titten können sprechen. Allerdings wissen das die meisten Trägerinnen nicht, weil sie nie auf die Idee kämen. Wahrscheinlich würden sie das sogar für total absurd und plemplem halten.

Ich eröffne jedenfalls ein Gespräch mit der Schwester, die neben mir steht. Sie ist recht zart und trägt ein quittengelbes T-Shirt.

»Hallo, Schwester, na, langweilst du dich?«, frage ich sie.

»Ja, klar, wer wartet schon gern auf Autobusse.«

»Ich bestimmt nicht. Meine Trägerin, sie heißt übrigens Lisa, auch nicht. Sie sagt immer zu mir, Warten wäre Zeitverschwendung, und Zeitverschwendung ist ein Übel.«

»Sie spricht mit dir?«, fragt die quittengelbe Schwester erstaunt. »Ehrlich?«

»Warum nicht?«

»Meine Trägerin hat noch nie mit mir geredet. Sag, hört sie jetzt auch zu?«

Lisa schaut schon wieder auf die Uhr. Nein, sie hört nicht zu, sie hat heute andere Probleme als uns schnatternde Titten.

»Im Moment nicht«, antworte ich. »Sie ist nervös. Ihr geht es heute nicht so gut.«

»Mir auch nicht«, seufzt die Schwester in Quittengelb. »Ich hab mal wieder PMS.«

Plötzlich mischt sich eine ganz junge Schwester ein. Sie ist vielleicht gerade sechzehn Jahre alt. Mir gefällt ihr Pullover. Er hat lauter kleine Herzchen.

»PMS?«, quietscht die Herzchenschwester. »PMS? Was ist denn das? Eine ansteckende Krankheit etwa?«

Ich muss lachen. So auch die Quittengelbe. »Keine Angst, Kleine. Ansteckend ist es nicht, aber eine Krankheit, die bei mir regelmäßig wiederkommt. PMS steht für prämenstruelles Syndrom. Schon mal gehört?«

»Nö«, antwortet die Herzchenschwester unbekümmert. »Aber hat das vielleicht etwas mit der Menstruation zu tun?«

»Leider ja«, stöhnt die quittengelbe Schwester. »Deshalb habe ich auch jeden Monat die gleichen Probleme. Kurz vor der Menstruation, da spüre ich so ein Ziehen, ein Reißen, das ist nicht feierlich.«

»Ej, gibt's ja nicht. Das hatte ich auch schon mal«, quietscht die Herzchenschwester. »Ich wusste nur nicht, was es ist. Ist also normal, oder was?«

»Viele von uns haben es«, mische ich mich nun ein. »Manche mehr, manche weniger. Außerdem fühlen wir uns dann ein bisschen anders an. Fester, ein wenig knotig sogar.«

»Stimmt, stimmt genau«, erklärt die Quittengelbe eifrig.

»Scheiß-PMS!«, sagt die junge Herzchenschwester.

Gerade will ich sie rügen, weil man sich auch als Titte gewählt ausdrücken sollte, als mein Blick auf einen Neuankömmling fällt. »Oh, oh, da drüben. Schaut mal, das ist aber eine große Schwester. Die in Rot.«

Aus der Subway-Station taucht eine Frau mit einem knallroten T-Shirt auf. Etna wird natürlich sofort neidisch. Genau so ein Rot ist ihr Lieblingsrot.

»Die hat bestimmt manipuliert«, behauptet die quittengelbe Titte.

»Glaubst du wirklich?«, frage ich und betrachte die Schwester in Rot.

»Unter Garantie. Die sieht doch aus wie aufgepumpt.«

»Wie aufgepumpt«, wiederholt die Herzchentitte kichernd.

Da ist schon etwas dran. Die Trägerin des Busens ist recht klein und knabenhaft schmal. Nur ihre Oberweite sprengt die Proportionen total.

Manipuliert?

Hat sie oder hat sie nicht?

»Na, ihr«, spricht die Titte in Rot auf einmal. »Was flüstert ihr hinter meinem Rücken?«

»Och«, plappert die Herzchentitte, »wir haben überlegt, ob du ganz echt bist.«

»Blöde Frage«, meint die rote Riesentitte. »Ist doch unwichtig. Es kommt darauf an, wer die Schönste ist.«

Diese Titte muss in ihrer Kindheit das Märchen von Schneewittchen völlig falsch verstanden haben. Die Stiefmutter, die *böse* Stiefmutter war doch die mit dem Schönheitswahn. Hat ihr aber überhaupt nichts gebracht, weder Ruhm noch Liebe noch Faltenfreiheit.

»Also hatte ich doch Recht!«, sagt die quittengelbe Schwester triumphierend. »Bei dir ist von Natur keine Spur. Manipuliert bis zum Gehtnichtmehr.«

»Da ist wohl jemand eifersüchtig«, behauptet die rote Titte provozierend. »Verrat mir mal, wie alt du bist, Schwester.«

»Wieso? Wieso willst du das wissen? Was hat mein Alter damit zu tun?«, fragt die Quittengelbe irritiert.

»Nun stell dich nicht so an«, sagt die Rote.

»Also gut. Ich bin vierundzwanzig.«

»Vierundzwanzig?«, fragt die Rote. »Ha, dann hast du den Zenit auch überschritten!«

»Ich muss doch sehr bitten!«, ruft die Quittengelbe empört.

»Bitten hilft da überhaupt nicht«, sagt die Rote. »Hast du schon mal den Bleistifttest gemacht?«

»Den Bleistifttest?«, fragt das Küken unter uns, die Herzchentitte. »Was ist denn der Bleistifttest?«

Die Rote erklärt. »Wenn jemand einen Bleistift unter eine Titte hält und der Bleistift herunterfällt, dann ist alles o.k. Wenn aber der Bleistift unter der Titte festklemmt, dann hat das Hängen begonnen, klar?«

»Bei mir hängt aber nichts!« Nun ist die Quittengelbe endgültig pikiert.

»Wer's glaubt, wird selig«, gibt die Rote schnippisch zurück.

Oje. Ich bin schon über dreißig. Seit geraumer Zeit fangen Etna und ich gleichzeitig an zu schreien, wenn sich Lisa uns mit einem Stift nähert. Schließlich haben wir Würde und wollen uns nicht testen lassen. Wie ich Bleistifte hasse!

Die Quittengelbe hat sich von dem letzten Schlag wieder erholt und verspürt offenbar überhaupt keine Lust, die Rote das Wortgefecht gewinnen zu lassen. »Selbst wenn, also mal angenommen, ich würde ein winziges bisschen hängen, na und? Dann muss man sich doch nicht gleich so aufpumpen lassen!«

»Pumpen wäre ja vielleicht noch ganz in Ordnung«, gibt die Rote von sich.

Nanu?

Ein melancholischer Zwischenton?

Was ist los mit unserem stolzen roten Busen?

Hat das Spieglein wohl heute früh die falsche Antwort gegeben? Hat das Spieglein etwa behauptet, hinter den Bergen bei den sieben Zwergen gibt es eine knackige, junge, hellrosa Titte, die ist noch viel praller als du?

Die Herzchentitte ist verwirrt. »Wird das denn nicht mit einer Pumpe gemacht, dass ein Busen so groß wird? Mit so 'ner Luftpumpe, mit der sie auch Ballons riesig kriegen?«

»Absolut nicht«, antworte ich als die Älteste und Weiseste. Trotzdem will ich der Expertin in Rot nicht vorgreifen. »Erklär uns, was mit dir passiert ist«, bitte ich sie.

Die Rote seufzt. »Ich war so Mitte zwanzig, als ich den Bleistifttest nicht mehr bestanden habe. Meine Trägerin ist hysterisch geworden. Total hysterisch, sag ich euch. Die rannte dann sofort zu einem Schönheitschirurgen. Eigentlich wollte sie uns Brüste einfach nur anheben lassen.«

»Hihi«, kichert die Herzchentitte albern. »Anheben? Mit 'nem Kran etwa?«

»Pssssst«, raunt die Quittengelbe, die atemlos lauscht.

»Natürlich nicht mit einem Kran, du Dummkopf«, antwortet die Rote. »Bei solchen Sachen sind Messer im Spiel.«

Messer. Keine Klappmesser, keine Brotmesser, nein, Chirurgenmesser. Die schärfsten Skalpelle. Bei der bloßen Vorstellung könnte ich bereits einen Schreikrampf kriegen.

Der Herzchentitte hat es jedenfalls die Sprache verschlagen. Ihr geht auf, dass hier von brutalen Realitäten die Rede ist und nicht von einem Teenagerbelustigungsspielchen.

»Wo war ich? Ach so, beim Anheben. Meine Trägerin wollte uns also anheben lassen. Da hat ihr dieser Chirurg Fotos von anderen Schwestern gezeigt. Von besonders schönen, großen Schwestern. Die ganze Zeit war dann von Weiblichkeit und Ausdruck die Rede, schließlich sogar von Sex-Appeal.« Die Rote sinniert einen Moment, bevor sie weitererzählt. »Plötzlich wollte meine Trägerin nicht nur, dass wir angehoben werden, sondern sie hat beschlossen, uns auch größer machen zu lassen.«

»Das ist ja ein Ding!«, entfährt es mir. »Ohne dich zu fragen?«

»Sie versteht mich nicht. Sie weiß nicht, dass ich reden kann«, sagt die Rote traurig.

Das Übliche. Keine Kommunikation unter zusammenhängenden Wesen. Nicht zu fassen!

»Wie wird man denn größer gemacht?«, fragt die Herzchentitte, nun gar nicht mehr übermütig. Sie scheint eher das Fürchten zu lernen.

»Sie schneiden einen auf und schieben dann ein Kissen

rein«, berichtet die Rote düster. »Ein dickes Kissen pro Titte.«

»Ich habe gehört, eines Tages soll es auch mit dem Fett der Trägerin gehen. Das Aufpolstern, meine ich«, unterbricht die Quittengelbe.

»Manchmal wird das heute schon gemacht. Fett raus aus dem Bauchspeck und rein in die Titten.« Die Rote kennt sich aus. »Normalerweise tun sie es aber mit Kissen. Mit Silikonkissen.«

»Wie sehen die aus? Wie kleine Kopfpolster?«, fragt das Herzchen.

Ich habe schon mal Fotos gesehen. »Nein, gar nicht wie Kopfkissen. Eher wie durchsichtige, glibbrige Quallen!«

»Huh, igittigitt.« Das Herzchen schüttelt sich.

»Es gibt auch Kissen mit Kochsalzlösungen«, berichtet die Rote. »Das ist das Allerschärfste. Da kann es passieren, dass die gluckern.«

Man stelle sich das vor. Gluckernde, blubbernde Busen. Titten mit eingebautem Unterwassersound.

»Und bei dir, da sind jetzt solche Silikonquallen drin?« Jetzt will das Herzchen es doch noch mal ganz genau wissen. »Dafür haben die dich ernsthaft aufgeschnitten?«

»Ja, genau das haben sie getan. Vollkommen unnötig. Ich war vorher auch hübsch. Ich hatte keine Komplexe. Ich wollte nicht größer und nicht kleiner sein. Jetzt bin ich eine Riesentitte und habe Narben. Sie werden in meinen Falten versteckt sein, hat der Chirurg gesagt, aber ich sehe sie jedes Mal, wenn ich in den Spiegel gucke. Zuerst waren sie knallrot, jetzt sind es silbrige Streifen. Ich wünschte, sie hätten mich in Ruhe gelassen.«

»Du Arme«, sagt die Quittengelbe mitleidig. »Weißt du, ich dachte immer, die Titten mit den Schönheitsoperationen wären alle total eitel.«

»Quatsch! Wir Titten doch nicht. Es fragt uns nur keiner, ob wir angehoben werden wollen. Oder verkleinert. Oder vergrößert. Das ist so gemein.«

Zu unserer Diskussionsrunde gesellt sich ein weiteres Tittenpaar. Diese Schwestern sind schwarz gekleidet. Die linke ergreift das Wort. »Völlig richtig, da kann ich aus eigener Erfahrung nur zustimmen: Uns fragt nie jemand! Würde mich mal jemand um meine Meinung bitten, dann könnte ich sagen, was ich will. Nämlich größer werden.«

In der Tat sah die Schwester kläglich aus. Sie trug keinen BH und machte einen zusammengefallenen Eindruck.

»Du würdest dich operieren lassen?«, fragt die Quittengelbe.

»Du würdest freiwillig Quallen in dich reinstopfen lassen?«, stimmt die Herzchentitte ungläubig ein.

»Nein, nein, das doch nicht. Nein. Um Gottes willen. Ich habe sogar neulich gehört, dass die Silikonkissen platzen können beim Fliegen. Ist das nicht grauenhaft? Was wird nur aus den Schwestern, wenn es darin richtig knallt? Nicht auszudenken, nein, so eine Operation käme für mich nie in Frage.«

Diese Rede wird trotz aller inhaltlichen Bestimmtheit mehr kraftlos geflüstert als dynamisch vorgetragen. Ich betrachte die kleine, eingefallene Schwester. Schließlich geht mir ein Licht auf. »Bekommst du etwa nicht genug zu essen?«

»Du hast es erfasst«, wimmert sie. »Ich bin am Verhungern. Von Monat zu Monat werde ich weniger. Ihr werdet es kaum glauben, aber ich war mal eine fröhliche, gesunde Titte. Schaut nur, was von mir übrig geblieben ist.«

Ein Schatten ihrer selbst. Ein Tittchen mit verschwindendem Profil. Der Wahnsinn macht wirklich vor nichts Halt. Nun gibt es schon Anorexiebusen!

»Sie macht Diät, was?«, fragt die Quittengelbe und wirft der mageren Trägerin der Schwarzen einen bitterbösen Blick zu.

»Genau. Kein Fett, kein Zucker, keine Kohlenhydrate, kaum Eiweiß. Sie zählt pausenlos die Kalorien. Mehr als achthundert pro Tag isst sie nicht. Ab und zu haut sie allerdings richtig rein. Hamburger, Schokolade, Pizza, Eiscreme mit Sahne, Kartoffelchips, Nusstorte. Und dann steckt sie sich den Finger in den Hals.«

»Wozu das denn?«, fragt das Herzchen ahnungslos.

»Zum Kotzen«, antwortet die Rote lakonisch.

»Oder sie nimmt Abführmittel«, stöhnt die Schwarze.

»Nein, diesmal erkläre ich dir nicht, warum«, sagt die Rote schnell zu der Herzchentitte. »Überleg selber.«

Die Herzchentitte überlegt, wir anderen schweigen betroffen.

Tja, man soll es kaum glauben, aber wir Titten haben echte, gefährliche Feinde in diesem Leben. Schönheitschirurgen zum Beispiel, die sich nicht um unsere Unversehrtheit, sondern um ihr Bankkonto scheren. Modedesigner, die uns entweder nackt oder knabenhaft oder nackt *und* knabenhaft sehen wollen. Und schließlich die Diätwut, die Magersucht, die Bulimie. Echte Vernichtungstaktiken, als gelte es, zarte Rundungen auszurotten oder platt zu walzen. Warum nicht gleich mit einer Planierraupe?

Auf einmal kommt ein Bus. Es ist nicht unsere Linie, aber alle anderen müssen einsteigen. Hastig verabschiede ich mich von den Schwestern und schaue ihnen nachdenklich hinterher.

Ja, es ist schon gut, dass Etna, Lisa und ich in gemeinsamem Einverständnis leben.

Etna allerdings hat wohl andere Gedanken, denn sie bekommt vor Aufregung bald einen Schluckauf.

»Was ist los, Schwesterchen? Haben dich die Gespräche so angestrengt?«

»Nein«, jammert Etna. »Ich habe nur solche Angst.«

»Wovor?«

»Die Lisa macht doch auch ab und zu eine Diät. Ich will aber nicht so mager und schlaff werden wie die schwarze Schwester.«

»Lisa passt nur auf, dass sie nicht dick wird. Sie ist doch keine Hungerharke, musst du zugeben.«

»Schon«, lenkt Etna ein.

Na bitte. Endlich Ruhe.

»Vesuvia?«

»Ja?«

»Wenn wir noch ein bisschen mehr hängen, kriegen wir dann auch so Glibberquallen?«

»Nein, bestimmt nicht«, beruhige ich Etna. »Ich glaube, die einzige Form der Manipulation, zu der sich Lisa hinreißen lassen würde, ginge ohne Operation.«

»Was denn?«

»Ein Büstenhalter mit Kissen zum Anheben drin.«

»Ein Wonderbra?«, fragt Etna.

»Ein Wonderbra!«, antworte ich.

»Toll«, sagt Etna begeistert. »Das war's doch. Vesuvia, stell dir mal vor, wenn Lisa uns einen Wonderbra anzieht und dazu einen großen Ausschnitt trägt, dann können wir endlich mal oben rausgucken.«

Lichtschutzfaktor

Lisa wühlt in ihrer Tasche herum. Sie hat ihre große schwarze Tasche mit den türkisfarbenen Fransen dabei. Eine dieser Taschen, die witzig aussehen, bei denen Lisa aber das Lachen vergeht, sobald sie etwas sucht. Alles scheint magisch auf den Taschengrund zu sinken und eine klumpige, undefinierbare Einheitsform anzunehmen.

Lisa flucht leise vor sich hin. Zu Hause würde sie jetzt das ganze Ding ungeduldig auskippen.

Was sucht sie nur?

Jetzt hat sie ein knisterndes Päckchen in der Hand. Ach herrje, Zigaretten. Ein schlechtes Zeichen.

Ich verstehe das mit der Raucherei sowieso nicht. Da weiß die Lisa, dass der Qualm samt Teer und sonstigen Schmutzigkeiten sich auf die Lungenbläschen legt, bis die zu kollabieren drohen. Und trotzdem nuckelt sie an diesen glimmenden Stängeln herum und saugt und pustet Rauch, was das Zeug hält. Sieht auch ein wenig dämlich aus, finde ich. Wenn man als Baby an einem Schnuller lutscht, nun ja, das ist verzeihlich, denn was wissen sabbernde Babys schon? Aber als kluger Frauenmensch ...

Der nächste Wühlanfall gilt sicher der hektischen Suche nach einem Feuerzeug oder einem Streichholzbriefchen.

Wenn der Bus doch nur endlich käme! Dann müsste Lisa

jetzt nicht hier eine Zigarette auf der Straße rauchen. Denn eigentlich raucht sie gar nicht mehr so richtig. Hat sie jedenfalls mir und den Lungenbläschen versprochen. Nur in Ausnahmesituationen. So wie heute, denn der ganze Tag ist ein Ausnahmetag, ein Misttag, ein Tag zum Streichen aus dem Kalender.

Sie reißt ein paar Sachen gleichzeitig aus der Tasche. Das Feuerzeug ist nicht dabei, aber ihr dickes Portemonnaie. Es klappt auf und wäre fast heruntergefallen, aber Lisa gelingt es gerade noch, es festzuhalten. Aus dem aufgeklappten Portemonnaie schaut ihr ein Foto entgegen. Sie betrachtet es kurz. Das Foto ist ein Foto von Giovanni. Ja, Giovanni ...

Giovanni trat vor drei Jahren in unser Leben.

Typisch für die New Yorker Szene, gab es wieder mal eine abendliche Vernissage mit lauter schicken Leuten, diesmal in einer ehemaligen Autoreparaturwerkstatt in Chelsea. Statt verrosteter Karossen auf Hebebühnen und Ersatzteilen aller Art gab es Kunst zu bewundern.

Ausgestellt waren Möbel der fünfziger Jahre und Möbel von einem zeitgenössischen Designer, der einen modernen und recht eigenwilligen Stil hatte. Zu Beginn der Vernissage verschaffte sich Lisa erst mal einen generellen Überblick.

Die Antiquitäten aus den Fifties wirkten eindeutig wie sorgsam ausgesuchte Einzelstücke. Es gab also keine doofen Nierentische. Die extravaganten Kreationen des Up-to-date-Designers waren auf den ersten Blick puristisch und funktional und bestachen auf den zweiten Blick durch interessante Materialen und raffinierte Details. So hieß es jedenfalls auf der Einladung. Der Designer hieß Giovanni Carone.

Lisa stand mit ihrem Champagnerglas an einer seiner Kommoden und zog vorsichtig die Schubladen auf. Die ganze Kommode war aus dunklem Holz, nur die Schubladen waren aus Aluminium. Angetan von diesem Materialmix, stellte Lisa ihr Champagnerglas auf die Kommode und legte ihre Handflächen abwechselnd auf das Holz und auf das Aluminium.

»Warm und kalt«, murmelte sie leise.

»Was sagten Sie?«, ertönte eine tiefe Stimme hinter ihr.

»Warm und kalt«, wiederholte Lisa und drehte sich dabei um. Vor ihr stand ein großer Mann mit dunklen Haaren und dunklen Augen.

Oje, erwischt. Sicher würde dieser große Mann die Lisa jetzt ausschimpfen und ihr ein Möbelspray und einen Wischlappen geben, damit sie selbst schnellstens ihre Patschehändchenabdrücke von dem Exponat entfernte. Wie peinlich. Hoffentlich hielt dann niemand von diesen ganzen In-Leuten die Lisa für 'ne Putze. Dann wäre auch mein öffentlicher Ruf vorerst ruiniert.

»Ich meine«, sagte Lisa und ließ die Kommode dabei nicht los, »das Holz ist so schön stumpf, fühlt sich irgendwie warm an, das Aluminium dagegen ist so glänzend und kalt. Irgendetwas daran gefällt mir.«

»Mir auch.« Der Mann strahlte Lisa an. »Darf ich mich übrigens vorstellen: Ich bin Giovanni, der Designer dieser Kommode.«

»Oh, wirklich? Vermutlich mögen Sie es gar nicht, wenn man ihre Möbelstücke hier einfach so anfasst«, sagte Lisa und ließ endlich die Kommode los.

»Doch, doch, nur zu.«

Uff. Schwein gehabt. Das ist gerade noch mal gut gegangen. Und dieser Designer scheint echt nett zu sein.

»Meine Entwürfe sollen aussehen wie Skulpturen, aber sie sind zum Leben gemacht. Zum Anfassen«, sagte Giovanni Carone mit Nachdruck. »Übrigens, das Prinzip warm/

kalt haben Sie sofort erfasst. Das war die Grundidee für eine ganze Reihe von Entwürfen. Hier, schauen Sie.« Giovanni deutete auf andere Ausstellungsstücke.

Lisa ging von Möbelstück zu Möbelstück und Giovanni begleitete sie dabei, wies sie auf Besonderheiten hin und erklärte die teilweise sehr ungewöhnlichen Mehrfachfunktionen der Teile.

Ich fühlte es genau. Ab einem gewissen Punkt hörte Lisa gar nicht mehr richtig zu.

Langweilte sie sich?

Pah, nicht die Bohne!

Sie betrachtete Giovanni aus den Augenwinkeln von Kopf bis Fuß, während er von asymmetrischen Tischplatten schwärmte. Sie lauschte dem Klang seiner tiefen, melodischen Stimme, als er die Linienführung eines Entspannungssessels erläuterte. Sie registrierte seine gerade Körperhaltung und seine breiten Schultern, während er mit weit ausholenden Bewegungen einen Kleiderschrank mit ausgefeiltem Innenleben erklärte.

Er gefiel ihr, der Künstler.

In den darauf folgenden Tagen beschloss Lisa, sich die Warm-kalt-Kommode zu leisten. Ein kurzer Anruf in der Galerie: Nein, es war kein Problem. Natürlich würde der Künstler anwesend sein, wenn Lisa die Kommode erwerben wollte.

Auch ich freute mich darauf.

Nicht auf die Kommode. Auf den Mann!

Lisa und Giovanni trafen sich also in der Exautoreparaturwerkstatt wieder, die nun tagsüber ohne die vielen Vernissage-Hübschen noch riesiger wirkte. Sie unterhielten sich ausführlich noch einmal über das exquisite Möbelstück.

»Fertigen Sie die Dinge auch selber an?«, fragte Lisa.

»Ich habe ein Team von Leuten, das für mich arbeitet. Natürlich bin ich besonders bei der Herstellung von Prototypen auch an vorderster Front mit dabei. Ob mit einer Säge oder mit einem Hobel, ganz egal. Ich kann das alles, muss das alles können!«

Praktisch, so einen Mann im Haus zu haben. Lisa hatte teilweise schon Mühe, eine Konservenbüchse mit dem Dosenöffner aufzubekommen. Von größeren Aktivitäten wie Dübeln, Nageln und Hämmern mal ganz zu schweigen.

Aber, Moment mal.

Ein Mann, der anpackt, der zupackt?

Hatte der Mann vielleicht Grobianhände?

Oder welche mit Hornhaut vom Basteln und Bauen?

Das könnte alles verderben. Verdammt, seine Hände steckten in seinen Hosentaschen, so dass ich sie nicht begutachten konnte.

»Ist die Kommode denn ein Prototyp?«, fragte Lisa.

»Nein, sie ist ein Einzelstück. Den Luxus kann ich mir inzwischen leisten, meine besonderen Lieblinge nicht in eine Serienproduktion zu geben.«

Lisa lächelte. »Schön für Sie, dass Sie sich den Luxus leisten können. Zum Glück kann ich ihn mir auch leisten, gerade so zumindest. Ist 'ne Menge Geld für ein Möbelstück, aber wenn ich mich verliebe, bin ich wohl ein bisschen unzurechnungsfähig.«

Die Worte hallten noch ein wenig in den hohen Galerieräumen nach.

Dann fragte Giovanni: »Sind Sie denn verliebt?«

»Ja«, antwortete Lisa und schaute ihn mit ihren kristallklaren, blauen Augen vielversprechend an. »In die Kommode!«

Giovanni lachte ein dunkles Lachen.

Hui, das war ein Flirt, der hier zugange war. Mein Leben wurde sehr unruhig, denn Lisas Herz schlug staccato. Wenn der Mann doch nur mal seine Hände aus den Hosentaschen nehmen würde.

»Die Kommode wird sich bei Ihnen bestimmt sehr wohl fühlen«, sagte Giovanni nun.

»Glauben Sie? Warum?«

»Sie ist ebenso elegant wie Sie. Und außerdem – die Warmanteile überwiegen.«

Lisa errötete, ich hüpfte auf dem pochenden Herzen. Meine Zwillingsschwester, der auch nicht entgangen war, dass Lisa emotional involviert war, nicht mit der Kommode, sondern mit dem Designer, lauerte nun ebenfalls auf die Begutachtung seiner Hände.

»Wenn die Kommode bei Ihnen angeliefert wird, wäre ich gerne dabei. Selbstverständlich nur, wenn es Ihnen recht ist«, sagte Giovanni.

»Wollen Sie prüfen, ob es ihr bei mir auch wirklich gut geht?«, neckte ihn Lisa.

»So ungefähr«, gab Giovanni zurück. »Ich hänge an ihr, verstehen Sie?« Er streichelte demonstrativ über das herrliche Möbelstück.

»Da!«, rief meine Schwester aufgeregt. »Die Hände, guck mal, die Hände!«

Große Hände. Große Hände mit sonnengebräunter Haut und kleinen schwarzen Haaren auf dem Handrücken. Von Hornhaut keine Spur. Auch nicht von kaputten Nägeln. Seine Fingernägel waren kurz geschnitten und sehr gepflegt. Selbst seine Nagelhaut war nicht rissig, sondern glatt und gesund.

Die Kommode wurde angeliefert. Aber Giovanni musste sich nicht auf ewig von seinem Schätzchen verabschieden, denn er begann, Lisa auszuführen. Er sah seine Kommode wieder, als Lisa ihn zu Cocktails vor dem Dinner nach Hause einlud. Ein paar Abende später sah er sie noch einmal, denn da kochte Lisa einen Kaffee, den beide nicht tranken. Stattdessen köpften Sie eine Flasche Wein und unterhielten sich über Träume. Das Einzige, was Lisa zu diesem Thema nicht verriet, waren ihre Tagträume. Neuerdings saß sie nämlich zwischen diversen Besprechungen in ihrem Büro und träumte von Giovanni.

Auch ich träumte von ihm. Ebenso meine Zwillingsschwester.

Wir waren in der Tat allesamt total in Giovanni Carone mit den schönen Händen verliebt!

Schließlich kam der Abend, an dem Giovanni seine Kommode hätte stundenlang betrachten können, wenn nicht, ja, wenn nicht so viel anderes passiert wäre. Lisa hatte für ihn gekocht. Es war ein einfaches Dinner mit Salat und Spaghetti, zu dem Giovanni den Nachtisch mitgebracht hatte: Tiramisu, selbst gemacht von seiner italienischen Mama. Giovanni fütterte Lisa damit und Lisa fütterte Giovanni. Nachdem sie fast die halbe Schüssel Tiramisu vernascht hatten, nahm Giovanni Lisa den Löffel aus der Hand. Prompt setzte Lisas unkontrollierbarer Staccatoherzschlag ein.

Giovanni küsste Lisa, Lisa küsste Giovanni. Endlos. Stundenlang. Zärtlich. Leidenschaftlich. Wild. Und wieder liebevoll. Wir glühten alle miteinander.

Und bestimmt zogen sich beide wegen der Hitze schließlich auch aus.

Stunde der Wahrheit. Ich beobachtete Giovanni, der sein Hemd aufknöpfte. Natürlich zählten mehr die inneren Werte, war ja klar. Aber es wäre doch ein Jammer, wenn dieser aufregende Giovanni nicht ein bisschen hübsch wäre unter seiner Kleidung.

Die Spannung stieg. Ich war inzwischen komplett entblättert und hatte freie Sicht auf den Mann. Auch meine Zwillingsschwester reckte sich, um nichts zu verpassen.

Wir starrten auf Giovanni.

Fassungslos.

Hätte ich gewusst, dass es so etwas auf diesem Planeten gab, hätte ich mich nie auch nur probeweise in meinen unreifen Teenagerjahren an eine unbehaarte Engerlingsbrust gedrückt.

Nein, hier war er, der Garten Eden.

Eine Männerbrust mit einem dichten Fell. Wie ein weiches Nest für mich und meine Zwillingsschwester. Als Lisa, nun ebenfalls hüllenlos, ihn umarmte, kuschelte ich mich hinein. Fast schwanden mir vor Glück die Sinne.

Noch schwindelerregender wurde es, als Giovanni begann, mich zu streicheln. Seine Hände waren trocken und warm auf meiner Haut. Es begann ein Spiel, das mir neu war, denn von Lisas Exfreunden war ich nicht so viel intensive Zuwendung gewöhnt. Man stelle es sich vor: Dieser wunderbare Giovanni-Mann streichelte mich nicht nur, nein, er liebkoste mich. Mit seinen Fingerspitzen, mit seinen Lippen. Sogar mit seiner Zunge.

Meine Zwillingsschwester, die ebenso verwöhnt wurde wie ich, bekam eine kitschige Anwandlung und flüsterte gerade etwas Verworrenes über die »Gipfel der Lust«, als es passierte. Unser erster Höhepunkt mit Giovanni.

Glücklich ließ ich mich wieder in sein Fell sinken und verbot meiner Schwester ausdrücklich, fortan beim Sex zu reden.

Trotzdem muss ich noch eines verraten: In unserer ersten Nacht mit Giovanni, als wir schließlich alle müde geworden waren, legte er sich hinter Lisa, umarmte sie von hinten und hielt mich fest. Ja, ich bin sanft in seiner großen, warmen Hand eingeschlafen.

Im darauf folgenden Sommer beschloss Giovanni, Lisa die Heimat seiner Mutter zu zeigen, die Insel, auf der er in seiner Kindheit sämtliche Sommerferien verbracht hatte: Sizilien.

Nur zu gern ließ sich Lisa überreden, denn sie hatte Urlaub dringend nötig. Kaum waren wir an unserem italienischen Ferienziel angekommen, riss Lisa übermütig die Fensterläden in dem Hotelzimmer auf. Vor ihr lag eine große, abgeschirmte Terrasse. Vor der Terrasse lag das Meer. Meer, wohin Lisa auch blickte.

»Na, gefällt's dir?«, fragte Giovanni grinsend.

»Ich liebe es. Hier oben auf der Terrasse zu stehen und auf das Mittelmeer zu gucken, das ist paradiesisch.«

»Nein, nein, ganz falsch«, erwiderte Giovanni. »Auf der Terrasse zu *liegen*, das ist paradiesisch!«

»Wollen wir?«, fragte Lisa, sofort begeistert.

»Klar. Ich bestelle uns einen leichten Snack und einen italienischen Wein. Und du suchst schon mal die Sonnencreme heraus, ja?«

Während Giovanni zum Telefon ging, packte Lisa fix ihre Reisetasche aus, ergriff die Sonnencreme und ihre Badekleidung. Dann schlüpfte sie aus T-Shirt und Hose und zog einen Bikini an.

Heißassa! Das Bikinioberteil saß hervorragend. Etna und ich machten darin einen echt guten Eindruck. Hatte nicht mal jemand einen Fotoapparat dabei?

Vor dem Badezimmerspiegel cremte sich Lisa nun sorgfältig das Gesicht ein. Dann auch das Dekolletee, die Arme, den Bauch und die Beine. Gib dem Sonnenbrand keine Chance, sagt sie immer.

»Startklar?«, fragte Giovanni, als sie ins Zimmer zurück-kam. Auch er hatte sich umgezogen und trug Badeshorts.

Wenn ich so den ganzen Tag seine breite Brust mit diesem herrlich weichen Fell sehen würde, könnte ich für nichts garantieren. Für gar nichts.

Lisa streichelte ihm über das Gesicht und strahlte ihn an. »Startklar. Los, auf in die Sonne!«

Giovanni hatte sogar schon große, weiche Frotteetücher auf die Sonnenliegen gelegt, auf die sich die zwei Verliebten jetzt sinken ließen.

»Herrlich!«, sagte Lisa. Ihr Gesicht hatte sie der Sonne zugewandt, sie hatte sich lang ausgestreckt und war vollkommen entspannt.

»Wunderbar!«, stimmte Giovanni zu.

»Unglaublich!«, seufzte Lisa glücklich.

»Göttlich!«

»Mal einfach nur so daliegen!«

»Mal einfach nichts tun!«

»Gar nichts.«

»Überhaupt nichts.«

»An nichts denken.«

»Nur an dich!«, sagte Giovanni charmant.

»Gut, dann denke ich an dich.«

»Immer?«

»Immer.«

»Schön.«

»Ach, alles ist schön.«

»Hörst du das Meer?«

»Ja. Hinreißend«, schwärmte Lisa.

»Man kann es auch nachts hören. Das ist so beruhigend beim Einschlafen.«

»Perfekt.«

»Nachts wird die Luft etwas kühler.«

»Sehr angenehm.«

»Ist dir zu warm, Lisa?«

»Nein, nein, gerade richtig.«

Ich konnte es kaum glauben. Gerade richtig? Gerade richtig?

»Darf ich dazu vielleicht auch mal etwas sagen?«, meldete ich mich zu Wort. »Lisa, hör doch mal in dich rein, Lisa, nun hör mir doch mal zu!«, rief ich.

Unser gut sitzender Bikini war nämlich – zu Etnas Leidwesen und inzwischen auch zu meinem – schwarz. Das sah zwar hoch elegant aus, aber die Sonne knallte darauf wie nichts Gutes. Mir war nicht warm, mir war heiß! Knallheiß, kurz vorm Verglühen! Ich kam mir vor wie ein hilfloses Würstchen oder wie eine runde Bulette auf einem echt italienischen Holzkohlengrill.

»Ich komme hier um in dem Bikinioberteil. Ich kriege einen Hitzestich. Ich will raus, bitte, bitte lass mich schnell raus«, stöhnte ich.

»Ja, raus«, stimmte meine Zwillingsschwester ein. »Ich will das Meer sehen.«

Lisa richtete sich auf der Sonnenliege auf. »Giovanni, was meinst du, soll ich mich oben ohne sonnen?«

»Warum nicht? Hier sieht uns ja keiner«, antwortete Giovanni.

»Selbst wenn. Wäre doch auch nicht so schlimm, oder?«

»Wäre es sehr wohl. Die beiden gehören mir!«, sagte Giovanni selbstbewusst und zeigte auf mein Schwesterchen und mich.

»Du bist ja ein richtiger Macho, Giovanni.« Lisa lachte.

Puh, endlich, endlich öffnete sie den Verschluss dieses Bikinioberteils.

Freiheit.

Sonne.

Italien.

Blauer Himmel.

Das Meer.

Dies war der schönste Urlaub meines bisherigen Tittendaseins. Ich reckte mich der leichten Brise entgegen und
genoss den Wind auf meiner Haut.

»Findest du sie eigentlich hübsch?«, fragte Lisa mit Blick
auf uns.

Giovanni nickte und streichelte mich. »Sie sind wunder-
hübsch. Wunderwunderhübsch.«

»Weißt du, ich habe ein ganz besonderes Verhältnis zu
meinem Busen«, erklärte Lisa ernsthaft.

»Das freut mich. Ich glaube, ich habe auch ein ganz besonderes Verhältnis zu deinem Busen. Deshalb werde ich
ihn dir jetzt eincremen. Mit der Creme, die den hohen
Lichtschutzfaktor hat. Ich will schließlich nicht, dass sich
die Süßen verbrennen.«

Wir bekamen Lichtschutzfaktor fünfzehn auf unsere
hellen, marzipanfahlen Köpfchen getupft. Ein bisschen
Sonnenbräune könnte uns nicht schaden. Na, wer weiß,
vielleicht würden wir tatsächlich ein wenig Farbe bekommen.

»Ich glaube, es hat geklopft. Kann das das Essen sein?«,
fragte Lisa.

»Ja, bestimmt. Bleib einfach hier liegen, ich kümmere
mich darum.« Giovanni stand auf.

Kurze Zeit später rollte er einen kleinen Wagen auf die
Terrasse. Mit italienischen Antipasti, frisch gebackenem
Brot und einer Flasche sizilianischem Rotwein. Giovanni
goss Lisa ein Glas ein und prostete ihr zu.

»Mhm, köstlich«, sagte Lisa. »Wie heißt der Wein? Corvo?«

»Ja, Corvo. Er stammt aus der Gegend von Palermo.«

»Ich glaube, ich habe noch nie in meinem Leben halb nackt in der Sonne gesessen und Rotwein getrunken.«

»Dann wird es ja Zeit.« Giovanni betrachtete mich nachdenklich. Dann wanderte sein Blick zu meiner Schwester. Und wieder zurück zu mir. Plötzlich fing er an zu grinsen.

»Was ist?«, fragte Lisa und schaute an sich herab.

Ich wusste auch nicht, was in seinem Kopf vor sich ging. Wir hatten uns kaum bewegt, mein Tittenschwesterchen und ich. Wir standen nur entspannt und nackt in der Gegend herum.

»Findest du nicht«, fragte Giovanni, »dass es eine entfernte Ähnlichkeit zwischen den beiden und kleinen Vulkanen gibt?«

Lisa kicherte. »Du schaffst es auf jeden Fall, beide ganz schön zu erhitzen.«

»Weißt du«, überlegte Giovanni laut. »Rechts von uns hier auf Sizilien ist der Vulkan Etna. Und links, so in dieser Richtung ungefähr, auf dem Festland in der Nähe von Neapel, da liegt der Vesuv. Eigentlich könnten wir deinen Busen entsprechend taufen.«

Taufen?

»Taufen?«, fragte Lisa.

»Klar. Komm mal her, ich mach das schon.«

Lisa rückte noch näher an Giovanni heran. Der steckte einen Finger in sein Weinglas. Dann benetzte er mich mit einem Tropfen Rotwein und sprach: »So, die Kleine hier liegt ja links, genau wie der Vesuv. Deshalb taufe ich dich hiermit auf den Namen Vesuvia.«

Ich war so aufgeregt, dass mir absolut nichts anderes einfiel, als andächtig zu wiederholen: »Vesuvia. Vesuvia. Vesuvia. Vesuvia.« Was war Giovanni nur für ein herrlicher

Mann. Ein Engel musste er sein, einer, der auch Titten eine Seele zugestand.

Dasselbe Ritual wiederholte er jetzt mit meiner Zwillingsschwester, die auf den Namen Etna getauft wurde. Etna fand ihren Namen nicht nur klangvoll, sondern auch kurz genug, um ihn sich merken zu können. Außerdem erschien ihr die Taufe einfach vollkommen, war sie doch mit rotem Corvo vollzogen worden, denn selbst bei Wein konnte Etna ihre Farbleidenschaft nicht verleugnen.

Vesuvia und Etna, also.

Alles passte. Nach zehn Tagen sahen Etna und ich auch direkt italienisch aus. Wir hatten eine zarte Sonnenbräune, und selbst unsere Köpfchen waren nicht mehr marzipanfahl, sondern nougatfarben.

Ja, so haben wir Titten also unsere Namen bekommen. Und natürlich versuchen wir, unseren großen Vulkanschwestern im fernen Italien keine Schande zu machen.

Milch

Das Feuerzeug, wenn Lisa überhaupt eines in ihrer Wühltasche hat, bleibt unauffindbar. Auch ein Streichholzbriefchen kann sie nicht ertasten.

Lisa schaut die anderen wartenden Menschen an der Bushaltestelle an. Ob der Mann da drüben wohl ein Feuerzeug in seiner Boxerjacke versteckt? Oder der Typ mit Schlips und Kragen? Ob er ein Freund des Nikotingenusses ist, kann man ihm natürlich nicht an der Nasenspitze ablesen. Verbirgt er vielleicht in seiner Aktentasche zwischen dem Taschenrechner und den Computerdisketten etwas zum Zündeln?

Unentschlossen drückt Lisa an ihrem Zigarettenpäckchen herum. In New York ist es ziemlich riskant, sich als Raucherin zu entlarven. Naserümpfen wäre noch eine eher milde Reaktion der Umwelt. Wilde Beschimpfungen sind wahrscheinlicher.

Auf die harmlose Frage: »Entschuldigen Sie bitte, können Sie mir Feuer für meine Zigarette geben?« können Antworten folgen, die nicht im Voraus zu erahnen sind. Einige New Yorker benehmen sich, als hätte man einen ganz anderen Dialog begonnen, zum Beispiel: »Entschuldigen Sie, ich habe Lepra und Beulenpest. Darf ich Sie mal ganz kurz und nur ausnahmsweise anstecken?«

Mir schwant Übles, als Lisa sich strafft und auf den Mann mit der Boxerjacke zugeht.

»Lisa, lass es sein! Sprich ihn nicht an. Es ist zu gefährlich!«, rufe ich entsetzt.

Wenn der Typ sich so verhält, als wollten wir ihm den Ebola-Virus anhängen, dann würden wir nie wieder die Sonne sehen.

Doch Lisa hört nicht auf mich.

»Entschuldigen Sie bitte«, sagt sie zu dem Mann in der Boxerjacke.

»Ja?«, fragt er und starrt mich an.

Ich hasse ihn spontan. Wie tief kann man eigentlich in seiner Rauchsucht sinken, dass man eklige fremde Männer anquatschen muss?

»Der Bus kommt!«, kreischt Etna plötzlich.

»Ja, Lisa, der Bus kommt. Lass uns schnell einsteigen«, rufe ich ihr zu.

»Was ist nun?«, fragt der Typ in der Boxerjacke herausfordernd.

»Nicht antworten, nicht antworten!«, rufe ich Lisa zu.

Eine gerade Rechte mit Knockout oder einen weiteren Gierblick auf Etna und mich brauchen wir nun auf den letzten Drücker wirklich nicht zu riskieren.

»Schon gut«, murmelt Lisa leise. »Mein Bus ist endlich da.«

Sie steckt die Zigaretten wieder in die Tasche und schlüpft schnell in den Bus. Ein Platz ist noch frei. Neben einer Frau, die ein Baby auf dem Schoß hat. Lisa lässt sich neben ihr nieder und wirft einen kurzen Blick auf das Kind. Es hat blaue Augen und keine Haare.

Im vergangenen Jahr, kurz nachdem Lisa und Marie ihren dreißigsten Geburtstag gefeiert hatten, beschäftigten sich

die beiden Freundinnen erstmalig ernsthaft mit dem Thema Babys. Denn Marie war schwanger.

Das änderte vieles.

Bis dahin hatte Marie ihren Freund immer »meinen
Freund« genannt. Obwohl sehr emanzipiert, hasste Marie
den Begriff »Lebensgefährte«. Kurzfristig hatte sie es mal
mit »Lebenspartner« probiert, dies aber auch verworfen,
weil Lisa jedes Mal anfing zu kichern. »Lebensabschnitts-
begleiter« gefiel ebenso wenig wie »Lover« und »mein
Kerl«. So blieb Maries Freund eben »Maries Freund«. Damit aber war Schluss an dem Tag, als Marie das blaue
Kreuzchen im Schwangerschaftsteststäbchen mit Lisa zusammen feierte. Ihr »Freund« wurde sofort »der Kindsvater«.

In den darauf folgenden Monaten entwickelte Marie die
verschiedensten Fressgelüste. Im April waren es ofenfrische
Blaubeermuffins. Im Mai rannte sie zu den unmöglichsten
Uhrzeiten durch Manhattan, um französische, luftgetrock-
nete Salami zu finden. Im Juni behauptete sie, für Feigen
mit Honig glatt sterben zu können. Und im Juli, mitten in
einer Hitzewelle mit Tagestemperaturen von 35 Grad im
Schatten, musste Lisa chinesische Sauer-scharf-Suppe an-
schleppen.

»Ich dachte immer, das mit den Essgelüsten wären nur
Gerüchte. Oder Entschuldigungen dafür, sich wenigstens
einmal im Leben ungehemmt voll fressen zu dürfen«, sagte
Marie, während sie gierig die Sauer-scharf-Suppe löffelte.

»Und, wie ist es nun wirklich? Mir kannst du es ja verraten«, lockte Lisa.

»Ich weiß, wenn ich wirklich für zwei esse, dann werde
ich es bereuen. Dann kann ich nach der Geburt ein bis drei
Jahre strengste Diät leben. Furchtbare Vorstellung. Nee,
ganz im Ernst. Ich esse diese Suppe hier nicht, weil ich sie

essen *will*, sondern weil ich sie essen *muss*. Seit Stunden denke ich an nichts anderes als an diese Suppe. Der Kindsvater hat auch schon den Auftrag bekommen, heute Abend zwei Portionen mitzubringen. Neben seinem Büro ist ein Chinese. Die schmeißen da immer noch so knackige Möhrenstreifen hinein. Köstlich, sag ich dir!«

Lisa lachte. »Na, dann bin ich ja froh, dass du bis dahin mit *meiner* Suppe *ohne* Möhrenstreifen wenigstens über den Nachmittag kommst.«

»Du bist schon eine echte Freundin. Mir in deiner kostbaren Mittagspause Suppe anzuschleppen ... Das vergesse ich dir nie.«

»Vielleicht kannst du dich ja eines Tages revanchieren, wer weiß. Jedenfalls dachte ich, dass die Hitze da draußen sicher nicht das Optimale für Schwangere ist.«

»Och, grundsätzlich geht das schon. Weißt du, dann laufe ich eben ein bisschen langsamer. Mein flotter Gang ist dahin, schrecklich, was? Ich bewege mich wie 'ne Ente auf Urlaub. Watscheln mit dem linken Fuß, watscheln mit dem rechten Fuß, und das alles in Zeitlupe. Aber selbst dabei wippen sie noch, die Dinger.« Lisa zeigte auf ihren Busen.

Ihr Bauch war ja wirklich schon reichlich imposant. Aber ihr Busen, sonst eher klein und nett, war nicht wiederzuerkennen. Kaum zu glauben, dass das die gleichen Schwestern waren wie vor der Schwangerschaft!

Ich war schwer beeindruckt. Ganz offensichtlich wussten Maries Titten, dass sie in Kürze eine große Aufgabe zu erfüllen hatten, und bereiteten sich rechtzeitig gewissenhaft darauf vor.

Ob Etna und ich wohl irgendwann einmal ebenso eifrig unsere Pflicht erfüllen würden? Ich nahm mir vor, sollte es so weit sein, mit diesen Schwestern hier einen ausführlichen Gedankenaustausch vorzunehmen. Es war immer gut, von den Erfahreneren etwas zu lernen.

»Nicht schlecht, dein Busen! Ganz schön viel Holz vor der Hütte«, antwortete Lisa lachend.

Marie nickte. »Kannst du laut sagen, ein ganzer Wald mit bestem Baumbestand, wenn du mich fragst. Die Titten wachsen wie blöd. Ich muss mir jeden Monat einen neuen BH kaufen. Die werden doch wohl nicht eines Tages explodieren, oder?«

Ich hielt die Luft an. Eine Muttermilchtittenexplosion? Eine Eruption wie bei meinen Vulkanschwestern? Ob es so etwas wohl gab?

»Wohl kaum. Ich habe noch nie gehört, dass Brüste explodiert sind.« Lisa tätschelte beruhigend Maries Hand. »Dein Busen stellt sich einfach nur auf das Baby ein.«

»Der Einzige, der das Gigantenwachstum lustig findet, ist natürlich der Kindsvater.« Marie verzog das Gesicht. »Typisch Mann. Der sollte nur mal einen einzigen Tag mit dem Bauch und den Megatitten herumlaufen müssen. Gleichgewichtsprobleme würde der bekommen, sag ich dir. Mit solchen Riesendingern würde der wie besoffen durch die Gegend taumeln oder einfach vornüberkippen.«

»Lass ihm seinen Spaß, Marie. In Kürze darf er sein eigen Fleisch und Blut mitten in der Nacht windeln, das wird ihn ein wenig ernüchtern.«

»Besonders, wenn er feststellt, dass die Windeln nach ein paar Stunden am Babyhintern nicht mehr so frisch und blütenweiß aussehen wie in der Fernsehwerbung.« Marie kicherte und Lisa lächelte ebenfalls schadenfroh.

»Aber zurück zu den Titten«, erklärte Marie. Sie knöpfte ihre Bluse auf. Ihr BH war ein schlichtes Modell mit einem Vorderverschluss, den sie nun öffnete. »Dir kann ich's ja zeigen. Hier, guck mal, lauter blaue Linien, das müssen die

Blutgefäße sein. Komisch, oder? Sonst sieht man die doch gar nicht so.«

Ich betrachtete die Schwestern. Sie sahen aus wie eine Landkarte. Große Hügel mit vielen Flussläufen. Sehr interessant, das Muster. Kühn von der Natur entworfen.

»Ist sicher normal.« Lisa begutachtete die Flussläufe. »Wahrscheinlich braucht der Busen mehr Blut, was weiß ich.«

»Kann schon sein«, sagte Marie. »Was der Busen aber sicher gar nicht nötig hat, sind diese anderen Linien überall.«

Tatsächlich konnte ich zwischen den Flussläufen ein paar silberne Linien ausmachen. Sie waren ganz fein, aber unübersehbar.

»Was ist denn das?«, fragte Lisa.

»Ja, Scheiße. Das sind Dehnungsstreifen. Ich könnte wetten, da bleiben auch Reste von übrig, später, meine ich. Na, wenn die Titten mal leer gelutscht sind, bin ich mal gespannt, wie fatal sie danach aussehen werden.«

»Grämt dich das?«, fragte Lisa.

»Nein, es freut mich«, gab Marie in ironischem Tonfall zurück und schloss ihren Büstenhalter wieder. »Aber stillen will ich unbedingt. Die Antikörper in der Muttermilch stärken nämlich das Immunsystem des Babys. Außerdem denke ich da ganz praktisch.«

»Praktisch?« Lisa zog die Augenbrauen hoch. »Praktisch wirst du monatelang ein nuckelndes Etwas an deinem Busen tragen. Tag und Nacht. Immer und überall.«

»Ja, schon. Aber die Milch hat immer die richtige Temperatur und ist immer fertig zubereitet. Hahn auf und sofort kann's losgehen. Frisch gesaugt ist halb gewonnen.«

Komische Vorstellung, fand ich. Da würden die Schwestern bald von früh bis spät mit der Milchzubereitung beschäftigt sein. Und diese Milch würde ein Winzling, ein neuer Erdenbürger, eigentlich ein total Wildfremder, von dem sie heute noch nicht einmal wussten, wie er aussehen würde, in schönster Selbstverständlichkeit aus ihnen heraussaugen. Daraufhin sollte wiederum die neue Milchzubereitung erfolgen, damit der Winzling auch wirklich jederzeit, wenn es ihm in den Kram passte, munter drauflosschlürfen konnte.

Hörte sich an wie eine Sisyphusarbeit. Ich hoffte nur, die Schwestern würden die Nerven behalten und nicht zwischendurch ausflippen.

Marie löffelte die Reste der inzwischen erkalteten Chinasuppe in sich hinein und kippte die Schüssel an, um selbst die letzten Tropfen nicht zu vergeuden. Zufrieden seufzte sie und rekelte sich wohlig. »Köstlich, einfach köstlich. Ich werde jedenfalls stillen, solange es geht. Wenn ich nicht gerade eine Hypogalaktie kriege.«

Hypogalaktie?

Raumschiff Enterprise?

Galaktische Feinde planen Tittenangriff?

Außergalaktische Hyperteufel verhindern adäquate Nahrungszufuhr für neugeborene Menschenbabys?

»Was, bitte, ist denn eine Hypogalaktie?«, fragte Lisa.

»Na, wenn die Milchbildung nicht ausreicht. Ist oft psychisch, glaube ich. Ich bin aber davon überzeugt, dass ich eigentlich das Zeug zu 'ner echten Amme habe. Der Optik nach zu schließen auf jeden Fall.« Marie wog ihre Brüste mit den Händen ab. »Das hier, das dürfte mindestens für Fünflinge reichen!«

Maries Titten explodierten nicht. Sie wuchsen bis zur Geburt noch weiter und wurden nach der Geburt ihres strammen Sohnes Max in einen so genannten Still-BH gepackt.

Das war ein angemessen überdimensionales Exemplar im Zeltformat. Es beherbergte außer Maries Megabrüsten auch noch, tja, so komische Dinger.

»Was ist denn das da?«, fragte Lisa und deutete auf diese komischen Dinger, während das glückliche Baby die immunsystemstärkende Muttermilch mit der richtigen Temperatur und der perfekten Konsistenz laut schmatzend in sich hineinsog.

»Das? Ach, das sind Stilleinlagen.«

»Stilleinlagen? Ich kenne nur Einlagen für Schuhe. Wenn jemand Senk-, Spreiz- oder Knickfüße hat.«

O Gott. Maries Titten würden sich doch wohl ohne die Stilleinlagen nicht einfach bis zum Bauchnabel absenken oder gar einen Knick bekommen?

»Stilleinlagen haben eine andere Funktion«, referierte Mutter Marie. Unterbrochen wurde sie von dem Protestgeschrei ihres Sohnes Max.

»Was hat er denn?«

»Links ist leer, jetzt ist rechts dran!«, erklärte Marie. Sie schob ihren linken Busen in den BH und holte die rechte Titte heraus.

Max war inzwischen krebsrot angelaufen, steigerte sein Geschrei in ungekannte Dezibelregionen und spitzte zwischendurch versuchsweise immer mal wieder sein Mündchen. Marie zielte mit ihrer prallen Milchtitte auf Mäxchen, verfehlte ihren Bestimmungsort und pikte ihn mit dem riesigen, dunklen Tittenkopf in die Wange.

Sofort reagierte das Mäxchen. Er drehte blitzschnell seinen Kopf zur Seite, öffnete seinen Mund noch weiter und dockte an. Gierig sog er, als hätte er die Babypanik, dass ein Artgenosse oder die böse Mama ihm die tolle Titte in Kürze wieder entreißen könnte. Als nichts dergleichen passierte, fand er schließlich seinen Saugrhythmus und machte sich daran, die Titte zu leeren und seinen Magen zu füllen.

»So, jetzt hat er sich beruhigt. Wo war ich gerade? Ach ja, die Stilleinlagen. Das ist vielleicht komisch.«

»Komisch?«, fragte Lisa.

»Stell dir vor, Mütter haben wohl alle so eine Art Milchspendereflex. Der kann so stark sein, dass mir die Milch aus der Brustwarze schießt, wenn ich Mäxchen nur hungrig schreien höre. Verrückt, was?«

Wahnsinn geradezu. Ich kannte bis zu diesem Zeitpunkt als Flüssigkeitsschusswaffe eigentlich nur Wasserpistolen. Nun endlich lernte ich, dass eine Titte sich sogar in eine Milchkanone verwandeln konnte.

»Auf gut Deutsch«, erklärte Marie weiter, »es leckt, verstehst du? Die Milch soll eigentlich nur herauskommen, wenn an den Brüsten gesaugt wird. Aber sie kommt auch mal ganz von alleine raus. Wenn ich die Stilleinlagen vergesse, habe ich ständig riesige Milchflecken vorne auf dem T-Shirt. Überhaupt, mein Leben besteht nur noch aus Milch. Mach mal den Kühlschrank auf.«

Lisa sprang zum Kühlschrank und öffnete die Tür. »Noch mehr Milch!«, staunte sie.

Sechs Glasflaschen mit je einem Liter Milch standen in bezaubernder Pracht im Scheinwerferlicht des Kühlschranks.

»Das ist *meine* Milch«, erklärte Marie.

Nee, das denkt sie sich jetzt aus. Sie will uns auf den Arm nehmen. Immer zu einem kleinen Scherz aufgelegt, die Marie. Menschenweibchen oder vielmehr Frauenbusen waren doch nicht zum Melken da!

Lisa schüttelte ungläubig den Kopf. »Deine Milch? Wie kommt deine Milch bitte aus deiner Brust in diese Flaschen?«

»Habe ich eigenhändig abgezapft. Mit einer speziellen Pumpe. Die setzt man an, pumpt los und lässt die Milch in Flaschen laufen.«

Meine Zwillingsschwester Etna starrte fasziniert auf die Milchflaschen. Ich starrte auf die Milchflaschen. Wir Titten leisten offensichtlich ganze Arbeit. Was 'ne ausgewachsene Kuh kann, können wir schon lange!

»Da hast du ja reichlich gepumpt, Marie«, staunte Lisa.

»Allerdings. Weißt du, falls ich mal wegmuss und Max Milch braucht. Oder falls ich mal krank bin. Oder falls ich einfach mal meine Ruhe will.«

»Wie viele Mahlzeiten bekommt denn dein kleiner Prinz hier?«

»Das Blag muss täglich fünfmal ungefähr zwanzig Minuten an jede Brust«, stöhnte Marie. »Das sind in 24 Stunden mehr als drei Stunden meines Lebens. Meines Lebens als lebendige, weibliche, busentragende Futterstation. Das ist Stress hoch zehn. Zumal ich ja nicht mal in der Zeit zwischendurch machen kann, was ich will.«

»Beschwert sich da etwa jemand über sein Mutterglück?«, neckte Lisa.

»Jawohl! Ich will mal wieder einen trinken gehen. Mit dir in unsere Lieblingsbar. Aber wenn ich ein Glas Wein trinke, dann kriegt der Max womöglich am nächsten Tag noch einen Schwips, wer weiß.«

»Dann lass doch den nächsten Tag aus und gib ihm eine Flasche mit deiner tollen, abgezapften, alkoholfreien Muttermilch.«

»Das ist eine prima Idee. Eine ausgezeichnete Idee. Genau. Am Freitag gehen wir einen trinken!«, jubelte Marie.

»Und der Kindsvater?«

»Der Kindsvater wird auf Max aufpassen.«

»Klar. Aber ich meine so generell. Wie findet der Kindsvater nun das Leben mit dir und eurem Sohn?«

Marie betrachtete schmunzelnd die zarten Babyhärchen auf Max' Köpfchen. »Der Kindsvater ist ein Kindskopf, wenn du mich fragst.«

»Wieso?«

»Er ist eifersüchtig, ja, stell dir vor, der Kindsvater ist eifersüchtig.«

»Weil du dich nicht mehr genug um ihn kümmerst und so viel Energie für Max aufbringen musst?«

»Weit gefehlt.«

»Verstehe ich nicht.«

»Der Kindsvater ist eifersüchtig, weil *ich* dem Max Muttermilch direkt aus der Quelle geben kann und er nicht.«

»Waaaaas?« Lisa riss ungläubig die Augen auf. »Er ist eifersüchtig, weil er Max nicht stillen kann?«

»Genau. Ob du es nun glaubst oder nicht.«

»Habt ihr denn darüber gesprochen?«, fragte Lisa gluckend.

»Nur ansatzweise«, gab Marie zurück. »Aber ich habe ihn beobachtet. Neulich, als er Max eine Flasche mit meiner Milch gegeben hat, weil ich zum Friseur musste. Der Kindsvater hat mich nicht gehört, als ich zurückkam. Durch die halb geöffnete Schlafzimmertür habe ich ihn dann beim Füttern beobachtet.«

»Und was war daran so besonders?«

Marie kicherte. »Er hatte sein Hemd geöffnet. Und Max an seine Männerbrust gelegt, während er ihm die Flasche gab.«

»Er hat ihn an seine nackte Männerbrust gelegt, ehrlich?«

»Ja, ehrlich. Unser kleines Mäxchen hier hat sich sicher ganz fürchterlich gewundert, warum es auf der Hühnerbrust des Kindsvaters gar nicht so weich war wie sonst auf meinen Titten. Ich hoffe, der Kleine hat in diesem Moment nicht zum ersten Mal so etwas wie Verlustängste erlebt.«

Ich machte mir natürlich jetzt auch so meine Gedanken. Ein Baby-Trauma? Wer weiß? Vielleicht hat Mäxchen tatsächlich Entzugserscheinungen erlitten. So ein kuschlig-runder Milchbusen macht sicher ein bisschen süchtig. Hungrige Säuglinge, wenigstens.

Lisa und Marie bogen sich vor Lachen. Max hielt sich dabei erstaunlich gut, machte alle Bewegungen mit und verlor nicht eine Sekunde lang den Kontakt zur Futterstation.

Carpe diem, denkt sich Mäxchen ganz sicher. Was ich habe, habe ich und lasse es nicht mehr los. Sonst muss ich wieder an eine unergiebige, männliche Plattbrust.

Als Marie wieder zu Atem gekommen war, prustete sie heraus: »Aber das Beste kommt ja noch, Lisa. Als er Mäxchen da so auf seiner Brust hatte, da hat er sich auch mit ihm unterhalten. So mit Verschwörerstimme von Mann zu Mann. Und weißt du, was er zu seinem Sohn Max gesagt hat?«

»Keine Ahnung.« Lisa zuckte mit den Schultern und beugte sich neugierig vor. »Aber erzähl schon!«

»Er sagte«, presste Marie zwischen weiteren Lachglucksern hervor, »er sagte doch allen Ernstes: ›Siehst du, Mäxchen, du und ich, wir beide, wir sind ein Team. Da brauchen wir die Mama gar nicht!‹ Na, wie findest du das, Lisa? Ist das nicht zu komisch?«

Allerdings.

Hihi.

Nur kein Neid, Jungs!

Panik

Ich werfe einen Blick auf die Frau mit Baby, die neben uns im Bus sitzt. Ja, auch ihre Titten haben eine beachtliche Größe. Ganz offensichtlich sind die Schwestern hoch produktiv und versorgen gewissenhaft den kleinen, glatzköpfigen Erdenbürger mit keimfreier Supermilch.

Lisa interessiert das nicht die Bohne. Sie gehört zwar sowieso nicht zu den Frauen, die bei jedem sabbernden Baby gleich in aufgeregte Juchzer und Guck-mal-wen-wir-da-Entzückendes-haben ausbrechen. Aber heute scheint sie mehr als gleichgültig. Ob der Kleine bald zahnt oder die Windeln bis zum Anschlag voll hat, ist ihr so schnurzpiepegal wie der Wetterbericht für die nördlichste Antilleninsel. Sie zieht schon mal prophylaktisch ein Gesicht wie zehn Tage Regenwetter und ist inzwischen total verkrampft.

Plötzlich hält der Bus. Mitten auf der Strecke, ohne dass ich eine Bushaltestelle ausmachen kann.

»Endstation!«, ruft der Busfahrer.

»Das ist hier nie im Leben die Endstation. Ich fahre die Strecke jeden Tag, da kenne ich mich aus. Fahren Sie gefälligst weiter, ich muss zur Arbeit!«, macht eine Frau ihrer Empörung Luft.

»Was soll denn der Quatsch?«, grölt ein korpulenter

Mittzwanziger und hebt drohend seine Faust. »Hast du etwa eine Meise da vorne? Gibt's denn hier nur noch Verrückte in dieser Stadt?«

»Soll ich mein Baby vielleicht zu Fuß durch die Straßen schleppen?«, begehrt die Mutter neben uns auf. »Bei der Bullenhitze?«

Guter Gedanke. Bei den Temperaturen und der stehenden, abgasgeschwängerten Luft würde jeder Fußmarsch in eine Qual ausarten.

»Endstation!«, ruft der Busfahrer unerbittlich. »Tut mir Leid, Leute, aber der Präsident ist in der Stadt. Der Rest der Strecke ist gesperrt.«

Typisch. Wenn wir schon mal etwas Außergewöhnliches vorhaben, macht uns der Präsident einen Strich durch die Rechnung. Also, die Würfel sind gefallen. Lisa, Etna und ich müssen ins Manöver. Ohne Tarnanzüge und per pedes quer durch den Großstadtdschungel.

»Kann unser Präsident nicht in Washington seine Politik machen? Soll er doch bleiben, wo er hingehört«, mault eine ältere Dame.

»Heute ist doch das UNO-Gipfeltreffen«, referiert ein ganz aufgeklärter Zeitgenosse. »Der Präsident erfüllt nur seine Pflicht.«

»So ein Mist! Wo sind wir überhaupt?«, fragt nun Lisa, die endlich aus ihrer Trance erwacht. Niemand antwortet ihr.

»Bitte alle aussteigen!«, ruft der Busfahrer stattdessen. »Bitte aussteigen. Wie gesagt, tut mir Leid, aber das ist eben Schicksal.«

Schicksal.
Seit drei Tagen denke ich schon über das Schicksal nach.
Gibt es so etwas wie eine Bestimmung für Titten?

Gibt es einen großen Plan, auf dem für jede Titte bereits ihr gesamtes Leben entworfen ist?

Muss sich eine Titte in ihr Schicksal fügen?

Oder kann eine Titte auch an ihrem Schicksalsrad drehen?

Fragen über Fragen.

Und das aus gutem Grund. Denn vor drei Tagen, da waren wir bei einer Ärztin. Genauer gesagt, bei einer Frauenärztin. Lisa hatte sich zur jährlichen Routineuntersuchung angemeldet. Jährliche Routineuntersuchung bedeutet eigentlich einmal im Jahr. Sollte man meinen. Aber die viel beschäftigte Managerin Lisa hatte vollendet geschlampt und das vergangene Jahr ganz einfach ausgelassen.

Das dürfte wohl auch unserer Ärztin nicht entgangen sein. Sie warf einen konzentrierten Blick in die Karteikarte. Sie las die Befunde der letzten Untersuchungen. Sie studierte das eine oder andere Detail.

»Wann waren Sie das letzte Mal hier?«

Schon passiert. Wir waren aufgeflogen. Die Karteikarte war unbestechlich.

»Tja, äh, so genau erinnere ich mich nicht«, antwortete Lisa lahm.

»Es war vor ungefähr zwei Jahren«, erklärte die Ärztin. »Versuchen Sie bitte, alle zwölf Monate zu kommen. Vorsorge ist sehr, sehr wichtig!«

»Deshalb bin ich ja hier.« Lisa nickte eifrig.

Es folgte die übliche Prozedur. In einem Nebenraum zog sich Lisa aus und hüllte sich in einen sauberen hellblauen Kimono, der schon für sie bereitlag. Danach untersuchte die Ärztin Lisas Bauch und ihren Unterleib.

»So, der Abstrich geht ins Labor«, erklärte die Ärztin. »Nun möchte ich noch Ihre Brust abtasten. Bitte setzen Sie sich zuerst aufrecht hin.«

Die Ärztin öffnete den Kimono oberhalb des Gürtels.

Etna und ich waren nun nackt. Mich überfiel ein Gefühl der Unsicherheit. Ich kannte die Ärztin zwar schon ganz lange, aber sie schaute immer so ernst, wenn sie meine Zwillingsschwester und mich untersuchte, und das war doch sehr irritierend.

Sie betrachtete zuerst Etna kritisch, dann mich.

Puh, konnte die gucken. Jedenfalls, gegen Schnupfen und Husten waren wir immun, so etwas bekamen wir nie. Und einen Hautausschlag hatten wir auch nicht.

Aber die oberflächliche Inspektion war nur der Anfang. Diese Ärztin hier gab sich damit nicht zufrieden, nein, die würde sicher auch bei ihrem Auto die Zündkerzen ausbauen und die Bremsleitung kontrollieren, statt sich mit einem generellen Blick auf den Motor zu bescheiden.

Nun hatte sie mich in der Mangel. Mit gleichmäßigen, fast streichelnden Bewegungen glitten ihre Finger auf mir herum. Zentimeter um Zentimeter wurden erforscht, in kleinen Kreisen.

»Hey, ich bin kitzlig. Das kitzelt ganz furchtbar«, rief ich.

Natürlich konnte mich die Ärztin nicht hören, aber ich musste mir einfach Luft machen. Etna neben mir, die nun auch an der Reihe war, kicherte und prustete und verschluckte sich sogar. Die war noch viel kitzliger als ich.

»Tasten Sie Ihre Brust regelmäßig selbst ab?«, fragte die Ärztin unsere Lisa.

Nee, das wüsste ich. Das tut sie nicht, die Lisa. Manchmal steht sie mit uns vorm Spiegel und betrachtet uns forschend, als wolle sie in uns hineingucken. Ab und zu drückt sie kurz an uns herum. Allerdings nicht halb so gründlich und geschickt wie diese Ärztin hier.

»Nicht direkt regelmäßig«, sagte Lisa leise. »Ich glaube, ich fühle irgendwie nicht so richtig. Ich meine, wenn ich taste, kommt mir alles so knotig vor. Da bekomme ich immer Panik.«

Schönes Geständnis.

Lisa spricht mit uns. Aber sie fühlt nichts.

Etna hatte das Kitzeln überlebt und war nach Lisas Aussage plötzlich ganz verunsichert. Und eingeschüchtert. Flüsternd fragte sie mich: »Was will Lisa denn überhaupt fühlen? Wonach sucht sie? Wonach sucht die Ärztin denn immer?«

»Bleib ganz ruhig, Etna, und entspanne dich. Mach dir keine Sorgen!«, antwortete ich. Ich wollte ihr nicht die ganze Wahrheit erzählen, das würde bei ihr nur böse Träume verursachen.

Aber Lisa hatte mich nun auch etwas aufgewühlt. Knotig sollten Etna und ich uns anfühlen? Ach, du Schreck!

»Das ist alles normal«, erklärte die Ärztin. »Vor der Menstruation, da ist die Brust oft ein wenig knotig. Das ist eine ganz natürliche Verhärtung des Brustgewebes. Das können leicht angeschwollene Milchdrüsen sein, das fühlt sich dann an wie weiche Knötchen. Ist absolut nichts Besonderes!«

Nichts Besonderes? Nichts Besonderes?

Das ist mein hoch kompliziertes Innenleben! Ein wenig mehr Respekt, bitte schön.

»Am besten, Sie machen die Selbstkontrolle immer nach der Menstruation«, erläuterte die Ärztin. »Dann ist das Gewebe weicher und Veränderungen sind leichter zu ertasten.«

Lisa verzog ein wenig das Gesicht. »Veränderungen? Nun, wenn ich ehrlich bin, dann kam es mir neulich so vor, als wäre da ein kleiner Knoten oben in meiner linken Brust.«

In der linken Brust?

Mir wurde ganz schwindlig. Die linke Brust, das war ja ich. Titte Vesuvia höchstpersönlich.

Jetzt dämmerte es mir langsam. In letzter Zeit, da drückte Lisa oft an mir herum. Schweigend. Und reden wollte sie nicht darüber. Ich doofe Titte habe das auf ihre Nervosität im Job geschoben. Wie naiv kann eine Titte eigentlich sein?

Einmal hat sie sogar Giovanni gefragt, ob ihm an mir etwas aufgefallen sei. Giovanni hat mich daraufhin in die Hand genommen und mich geküsst. Immer schöner würde ich, hatte er gesagt. Ich fand das toll, aber Lisa konnte sich in dem Moment gar nicht richtig mit mir freuen.

Wie sollte sie auch, wenn sie an einen Knoten glaubte?

»Ist es das?«, meldete sich Etna zu Wort.

»Was?«, fragte ich zurück.

»Sie suchen nach Knoten, oder?«

»Gewissermaßen, ja. Sie wollen sicher sein, dass wir keine Knoten haben.«

»Was hat es denn auf sich mit den Knoten?«

Oje. Wie sag ich's meiner Zwillingsschwester?

»Es gibt verschiedene Knoten, Etna. Gute und schlechte. Wenn man einen schlechten Knoten hat, dann ist man nicht gesund, verstehst du?«

Nicht gesund klang immer noch besser als krank.

Etna überlegte. »Dann ist man also krank?«

Ja, ich sollte nicht versuchen, Etna für dumm zu verkaufen. Sie war zwar etwas langsam, aber dumm ganz bestimmt nicht.

»Richtig. Dann ist man krank.«

Die Ärztin tastete nun weiter an mir mit besonderer Aufmerksamkeit herum. Lisa musste den Arm heben, dann wieder senken, sich hinlegen und wieder aufrichten. Glücklicherweise waren die Hände der Ärztin warm und trocken, die Finger schön behutsam.

Trotzdem war mir mehr als unwohl.

»Nichts besonders Auffälliges«, meinte die Ärztin.

Sorgenvoll lauschte ich ihren Worten. War das quasi eine Entwarnung? Alles paletti? Dann kann ich jetzt wieder zurück in mein BH-Körbchen und nach Hause, wo es gemütlich und sicher ist?

»Lisa, ich mache Ihnen einen Vorschlag. Warum gehen Sie nicht einfach zur Mammographie? Wissen Sie, Sie sind jetzt über dreißig, da ist es gut, ein erstes Mammogramm zu machen. Erstens wird es Sie sehr beruhigen, wenn die Diagnose ergibt, dass alles in Ordnung ist. Und außerdem haben wir dann ein Vergleichsmammogramm für die Kontrolle in den nächsten Jahren.«

Von wegen alles paletti. Sie hatte bestimmt etwas gefunden, ganz bestimmt. Deshalb schickte sie uns jetzt woandershin.

Ob ich wirklich krank war?

Und was zum Teufel war ein Mammogramm?

Schweigend zog sich Lisa wieder an. Kam es mir nur so vor oder schob sie mich besonders behutsam in den Büstenhalter?

Als die Ärztin Lisa verabschiedete, gab sie ihr einen Zettel in die Hand. Mit einer Adresse und einer Telefonnummer für dieses rätselhafte Mammogramm.

Zu Hause saß Lisa dann unschlüssig vorm Telefon und drehte den Zettel in ihren Händen hin und her. Was hatte sie vor? Wollte sie die Telefonnummer auswendig lernen?

Mir war eigentlich nicht nach einer gepflegten Unterhaltung zumute, trotzdem musste ich diese quälende Ungewissheit loswerden. In den vergangenen Stunden hatte ich immer wieder dieses merkwürdige Wort im Kopf.

Mammogramm.

Kam das von Mammut? Wenn ich mich recht an Lisas

Biologieunterricht erinnerte, war ein Mammut ein Riesenelefant aus der Vorzeit. Was aber hatte ich mit einem Elefanten gemein? Ich war weder so ungeschickt wie ein Elefant im Porzellanladen noch war ich elefantengrau und genauso wenig konnte ich einen Rüssel mein Eigen nennen. Glücklicherweise.

Vielleicht kam das Wort aber auch von Mammon? Dann hätte es etwas mit Geld zu tun. Vielleicht war das etwas ganz, ganz Teures, dieses Mammogramm?

Nein, diese Grübelei half mir nicht weiter. Ich kam und kam nicht drauf. Und Lisa kam und kam mit ihrem Zettel und dem Telefon nicht zu Potte. Deshalb beschloss ich, sie zu fragen. Geradeheraus und mutig, wie ich nun einmal war.

»Lisa, was ist ein Mammogramm? Oder dieses andere Wort, das die Ärztin benutzt hat, eine Mammographie?«

»So was wie Röntgen«, antwortete Lisa.

»Röntgen? Also durchleuchten?«

»Ungefähr, ja.«

»Das tut doch nicht weh, oder? Oder tut es doch weh?«

»Nee, es tut wohl nicht weh«, sagte Lisa zögernd. »Es soll angeblich nur trotzdem nicht gerade der Hit sein.«

»Aber wenn es nicht wehtut, dann ist es doch nicht so schlimm. Die Ärztin hat gesagt, wir sollen hingehen. Warum zögerst du noch? Du bist doch sonst immer fürs Ausprobieren?« Manchmal war mir Lisa wirklich ein Rätsel.

»Warum? Warum? Ich habe eben Angst, dass sie etwas finden«, gestand Lisa.

»Was denn finden?«

»Einen Knoten in dir drin, zum Beispiel. Einen Krebsknoten oder so was ...«

Krebs. Da hatte sie es ausgesprochen, dieses verhasste Wort. Geißel der Menschheit, Geißel der Titten.

»Waaaas? So was können die bei einem Mammogramm feststellen?« Ich konnte es kaum fassen. »Das könnten die wirklich? Das ist ja toll! Dann könnten sie auch sehen, ob alles in Ordnung ist, und ich könnte wieder ruhiger leben. Lisa, ruf da sofort an. Sofort, hörst du. Mach einen Termin, so schnell wie möglich.«

Lisa verstand die Welt nicht mehr. Meine Euphorie hatte sie völlig umgehauen. »Bist du sicher, Vesuvia?«, fragte sie zweifelnd.

»Hey, natürlich. Wissen ist Macht. Hier geht's schließlich um mein Leben, oder?«

Lisa rief dann auch wirklich bei dem Röntgeninstitut an. Sie notierte mit zittrigen Fingern die Anweisungen, die ihr am Telefon gegeben wurden.

Ein zweiteiliges Kleidungsstück sollte sie tragen.

Streng verboten war es, am Untersuchungstag Talkumpuder, ein Deodorant oder ein Parfüm zu benutzen.

Nun gut. Talkumpuder benutzte Lisa sowieso nie. Das Parfüm könnte sie für den Abend mit Giovanni sparen. Und mal ohne Deodorant zu gehen, würde sie schon überleben.

Der Termin war vereinbart, er sollte bereits in zwei Tagen sein. Das war ein Segen, denn ansonsten hätte ich sicherlich Lisa völlig verrückt gemacht, und Lisa mich.

Die Einzige, die der ganzen Angelegenheit sehr gelassen gegenüberstand, war meine liebe Zwillingsschwester Etna. Sie hatte nämlich das gesamte Gespräch zwischen Lisa und mir nach unserem Arztbesuch völlig verschlafen. Neuigkeiten zu hören und zu verarbeiten war ihrer Meinung nach meine Aufgabe. Manchmal kam ich mir vor wie Etnas persönlicher Nachrichtendienst.

Als sie wieder einen wachen Moment hatte, fragte sie

mich prompt: »Vesuvia, gehen wir nun zu dieser Mammo-Dingsbums-Sache?«

»Ja, übermorgen. Und das heißt übrigens nicht Mammo-Dingsbums, sondern wir lassen unser erstes Mammogramm machen.«

»Ein Mammogramm?«, nuschelte Etna. »Hört sich wirklich ulkig an. Was ist das nun?«

»Ein Foto«, antwortete ich. So ganz gelogen war das nicht. »Genauer gesagt, ein Brustfoto.«

So kam es, dass sich meine Zwillingsschwester Etna richtig auf das Mammogramm freute, weil sie heimlich schon immer von einem Titten-Fototermin geträumt hatte.

Schweiß

Und hier stehen wir nun. Ausgesetzt von dem Bus, der nicht weiterfahren kann, weil der Präsident der Vereinigten Staaten in der Stadt ist und deshalb unsere Strecke abgesperrt wurde. Mit der Politik hat man wirklich nichts als Ärger.

Lisas Rock weht ein wenig im Wind. Und schon ist es vorbei mit der kleinen Brise an diesem Sommertag. Die Luft scheint stillzustehen und zu kochen. Ausgerechnet heute, ausgerechnet an dem Tag, an dem Lisa brav den Anweisungen des Röntgeninstituts gefolgt ist: zweiteilige Kleidung, kein Talkumpuder, kein Parfüm und – kein Deodorant. Wirklich dumm, denn Lisa gerät augenblicklich ins Transpirieren. Teils aus lauter Nervosität, teils, weil sie ziellos durch die Gegend irrt, um die Absperrung zu umgehen und eine Straße mit normal fließendem Verkehr zu finden. Oder was man in New York eben so normal nennt.

Na ja, eines ist klar. Mir droht die erste Mammographie meines Tittendaseins und meine Trägerin Lisa schwitzt komplett deofrei vor sich hin. Was für ein beschissener Tag!

»Ich komme bestimmt zu spät«, stöhnt Lisa und schaut beim Laufen auf die Uhr. »Hoffentlich geben die nicht meinen Termin weg und ich muss noch mal an einem anderen Tag wiederkommen.«

»Lauf schneller, Lisa!«, feuere ich sie an. Nein, bitte nicht das ganze Theater in Kürze wieder. Heute, heute muss es sein. Kein Warten mehr, kein Hinauszögern dieser Angelegenheit. Ich will es endlich hinter mir haben. So oder so.

»Ein Taxi«, jauchzt Lisa.

Oha, wenn Lisa tatsächlich einen begeisterten Jauchzer beim Anblick eines Taxis von sich gibt, dann will sie unseren Termin offensichtlich auch unter allen Umständen erledigen. Denn Lisa hasst New Yorker Taxis. Sie findet, dass man mit den scheppernden Kisten und den Kamikazefahrern dem Jenseits näher ist als dem geplanten Fahrziel.

Lisa hält das Taxi an und schlüpft schnell hinein. Der Fahrer fährt in die angegebene Richtung, während Lisa das Fenster noch ein wenig mehr öffnet. Natürlich sind wir in ein Taxi ohne Airconditioning geraten. Es ist zwar ein großes Loch in der Wand zwischen dem Fahrer und der Hinterbank, aber außer ein paar wirren Drähten ist da nichts zu holen. Jedenfalls keine kühlende Luft.

Wäre auch zu schön gewesen.

Also schwitzen wir weiter.

Wir sind durchgeschüttelt – unser Chauffeur hat einen etwas eigenwilligen Fahrstil – und verklebt – heute fliegt bestimmt das Quecksilber aus dem Thermometer –, als das Taxi mit quietschenden Reifen vor dem Röntgeninstitut hält.

Lisa atmet einmal tief durch. Ihr Herz ist mehr als unruhig und zwingt mich zu einem ungewollten Auf und Ab. Nicht sehr angenehm, hüpfend zu einem Mammographietermin einzulaufen.

In einem kleinen Vorraum erblickt Lisa einige andere Frauen und einen Empfangstisch mit einer jungen Dame dahinter.

»Ich bin ein bisschen zu spät, tut mir Leid, aber der Verkehr war so verrückt. Der Präsident ...«, erklärt Lisa hastig.

»Kein Problem«, antwortet die junge Dame. »Sind Sie zum ersten Mal bei uns?«

Lisa nickt.

»Dann füllen Sie doch bitte diese Formulare aus, ja? Ich gebe Ihnen noch einen Stift, hier, bitte. Und Sie können beim Schreiben natürlich Platz nehmen.«

»Danke«, sagt Lisa und sucht sich einen freien Stuhl.

Ich schaue mich um. Die Frauen gucken alle recht neutral.

Wie machen die das?

Wir sind doch hier unter uns, wir können doch zeigen, dass wir eine große Sorge haben!

Warum behalten wir unsere Angst für uns?

Sind Frauen wirklich das starke Geschlecht?

Im Gegensatz zu mir beachtet Lisa ihre Umwelt momentan ganz und gar nicht, sondern konzentriert sich auf ihre Formulare. Sie füllt Zeile um Zeile in sauberen Druckbuchstaben aus.

»Wann hatten Sie Ihre erste Periode?«, fragt das Formular.

Spät, aber besser spät als nie.

Lisa schreibt: »Mit fünfzehn.«

»Nehmen Sie Hormone?«

Lisa überlegt und trägt dann ordnungsgemäß den Namen ihrer Antibabypille ein.

Es folgen einige Fragen zum Thema Schwangerschaften, Familiengeschichte, Allergien und chronische Krankheiten. Langsam beruhigt sich Lisas Herz wieder. Das Schreiben scheint sie ein wenig zu entspannen. Typisch. Sobald ihr jemand etwas zum Arbeiten gibt, konzentriert sie sich total und vergisst alles andere um sich herum.

Bis die Fragen plötzlich ans Eingemachte gehen. Titten-
fragen!

»Haben Sie Brustimplantate?«

Der Tittengott behüte uns davor! Lisa macht ein Kreuzchen in das Nein-Kästchen.

»Hat ein Tastbefund eine Veränderung ergeben? Wenn
ja, wo?«

Lisa starrt auf die beiden runden Kreise. Es sollen wohl
zwei Brüste sein, denn in der Mitte der Kreise gibt es noch
mal zwei Kreise, die Tittenköpfchen. Hoffentlich kommt
Lisa nicht auf die Idee, jetzt in den linken Kreis etwas hi-
neinzumalen.

»Lisa, die Frauenärztin hat gesagt, sie kann bei mir nichts
ertasten!«, erinnere ich sie.

Der Stift malt nichts, er wandert weiter das Formular
entlang.

»Haben Sie schon mal eine Brustoperation gehabt?«

Ich glaube, ich falle gleich in Ohnmacht. Schon das
Wort bringt mich fast um. O-P-E-R-A-T-I-O-N.

Zwillingsschwester Etna regt sich auf einmal neben mir.
»Warum stöhnst du denn, Vesuvia? Stimmt etwas nicht?«

»Nein«, antworte ich schnell, »mir ist nur noch heiß
von der Taxifahrt.«

Etna schaut sich um. »Ist das hier das Fotostudio? Vesuvia, das sieht aber gar nicht aus wie ein Fotostudio.«

»Wir sind doch nur im Wartezimmer«, sage ich in dem
Versuch, ihr Misstrauen zu begraben.

»Werden die denn hier alle fotografiert?«, fragt Etna, die
in die Frauenrunde geschaut hat.

»Vielleicht, ich weiß nicht genau.«

»Wir können doch die Schwestern mal fragen«, regt Etna an.

Keine gute Idee. Ich will mit meinem Wissen über die

Mammographie weder Etna noch andere Schwestern be-
unruhigen. Und wer weiß, vielleicht wusste die eine oder
andere ja Bescheid, war schon zum wiederholten Male
hier und erzählte Etna sämtliche Details. Nein, das konnte ich bei meiner sensiblen Zwillingsschwester nicht riskieren.

»Lass mal gut sein, Etna. Wir haben uns vorhin an der
Bushaltestelle doch sehr nett unterhalten. Das reicht doch
fürs Erste. Schließlich müssen wir nicht überall fremde
Schwestern anquatschen, oder?«

»Na, wie du meinst«, mault Etna ein wenig einge-
schnappt.

Mein Blick wandert zu einem großen, blauen Wasserspender, der einen kleinen, weißen Hahn hat. Darüber
hängt ein Schild, das sagt: »Bitte im Wartezimmer nicht essen oder trinken.«

Aha, Frauen vor dem Mammogramm dürfen also nicht
gefüttert werden. Und ein bisschen durstig sollten sie wohl
sein. Sonst würde man doch wohl keinen Wasserspender
aufstellen und gleichzeitig das Trinken verbieten. Was soll
man mit dem Wasserspender denn anstellen? Sich das Deo
abwaschen, falls man es verbotenerweise wegen tief sitzender krimineller Veranlagung doch genommen hat?

Als Lisa ihre ausgefüllten Formulare wieder abgibt,
schaut auch sie sehnsüchtig auf den Wasserspender. Ich
wette, sie könnte jetzt ein Glas Wasser gut vertragen. Oder
einen eisgekühlten Wodka. Oder auch gleich einen doppel-
ten eisgekühlten Wodka. So auf nüchternen Magen könnte
die Wirkung unschlagbar sein. Ungemein entspannend.

Sieben Minuten haben siebenmal sechzig Sekunden. Das
sind vierhundertzwanzig Sekunden insgesamt. Vierhundert-
einundzwanzig, vierhundertzweiundzwanzig, vierhundert-

dreiundzwanzig, vierhundertvierundzwanzig, vierhundert-fünfundzwanzig ...

Lisa steht auf. Genau zu Beginn von Sekunde Nummer vierhundertsechsundzwanzig wird ihr Name aufgerufen. Die Dame an der Rezeption weist ihr den Weg. Es geht einen dunklen Gang entlang und in ein Zimmer hinein. Eine andere Mitarbeiterin der Praxis nimmt Lisa in Empfang und bedeutet ihr, sich in eine Ecke des Raumes zu begeben, in der ein Paravent steht.

»Ich bin für ihr Mammogramm zuständig«, erklärt sie freundlich. »Bitte machen Sie sich obenherum frei, ich bin sofort wieder bei Ihnen. Ihre Sachen können Sie dort auf den Stuhl legen.«

Vorsichtig schaut Lisa hinter den Paravent. Ja, da ist er, der Stuhl. Noch ein tiefer Durchatmer und sie stellt ihre Tasche auf den Boden, zieht das T-Shirt aus, dann den BH und legt beides auf den Hocker. Unschlüssig steht sie hinter dem Paravent und kauert sich schließlich auf die Kante des Stuhles.

Mir ist schlecht. Ich komme mir nackt und elend vor. Jemand wird gleich in mich hineingucken. In die Abgründe meines doch bisher unbescholtenen Tittenlebens.

Lisa schließt die Augen und macht ein paar Atemübungen. Warum habe ich in dem Kurs »Für ein besseres Leben« nicht richtig aufgepasst? Ich hätte bestimmt etwas davon für ein wenig Tittenyoga ableiten können. Vielleicht versuche ich es trotzdem.

Ich bin ganz ruhig.

Ich bin die Ruhe selbst.

Ich ruhe tief in mir.

Ich bin ganz ruhig.

Ich werde immer ruhiger.

Ich war noch nie so ruhig wie heute.

In der Ruhe liegt die Kraft.
Ich bin ganz ruhig.
Ich bin wirklich ganz, ganz ruhig.
ICH HABE SCHRECKLICHE ANGST!!!!!!

Als sich die Tür öffnet, höre ich die Stimme der Röntgen-assistentin.

»Bitte kommen Sie jetzt zu mir«, sagt sie sanft.

Lisa schleicht hinter dem Paravent hervor.

»Ist das Ihre erste Mammographie?«, fragt die Röntgen-frau.

»Ja, meine erste«, antwortet Lisa leise.

»Keine Sorge, das ist alles gar kein Problem. Und ich verspreche Ihnen, es tut überhaupt nicht weh und es geht ganz schnell.«

Etna regt sich. »Vesuvia, was erzählt die Frau da? Das wissen wir doch, dass Fotografieren nicht wehtut. Hält die uns für blöd, oder was?«

Bevor ich antworten kann, plappert Lisa plötzlich laut los. Ihre Stimme hat dieses nervöse Kicksen, das nur in ab-soluten Ausnahmesituationen auftaucht. Auch das noch: Sie wird hysterisch.

»Äh, sagen Sie, was hat es eigentlich mit dem Talkum-puder und mit dem Parfüm und mit dem Deo auf sich?«, fragt Lisa in einem Tempo, das früher oder später zu Nusch-lern und Silbenverschluckern führt. »Ich meine, warum darf man das alles nicht benutzen? Weil das dann zu viele Gerüche auf einmal in dem kleinen Raum hier sind? Ich kann mir schon vorstellen, dass einem das auf die Nerven gehen kann, wenn man den ganzen Tag hier mit den ver-schiedensten Frauen so eng und ...«

»Nein, nein«, unterbricht die Röntgenfrau Lisas Rede-schwall lachend. »Das ist bestimmt nicht der Grund. Aber

Folgendes: Gewebeveränderungen erscheinen auf dem Mammogramm weiß. Leider aber auch Talkum. Und Talkum ist in einigen Parfüms und in vielen Deodorants enthalten. Man will ja wohl keine Biopsie riskieren wegen eines weißen Deoflecks, oder?«

Biopsie klingt böse nach Schneiden. Nein, nein, wir wollen gar nichts riskieren, überhaupt gar nichts. Wir schwitzen und stinken lieber und kommen in unseren eigenen Ausdünstungen halb um, bevor wir ein so dummes Risiko eingehen.

»So, jetzt geht's los. Bitte treten Sie vor dieses Gerät. Beginnen wir mit der rechten Brust«, sagt die Röntgenfrau.

Etna ist aufgerufen. Das hat sie ganz genau verstanden. Leider ist ihr Misstrauen erwacht. »Mir kommt das komisch vor. Ist das nun wirklich ein Fotostudio? Ist alles so merkwürdig hier. Ich weiß doch, wie ein Fotoapparat aussieht. Er ist schwarz und hat vorne so ein großes rundes Ding dran. Der Apparat hier ist aber nicht schwarz und das runde Ding fehlt auch. Wo sind überhaupt die Scheinwerfer? Normalerweise gibt's doch Scheinwerfer, oder? Nein, ich hab's mir anders überlegt. Ich will nicht. Komm, Vesuvia, lass uns wieder nach Hause gehen. Ich will doch lieber nicht fotografiert werden.«

Lisa greift ein. »Äh, wenn es Ihnen nichts ausmacht, können wir dann vielleicht besser mit der linken Brust anfangen?«

Prima.

Ich, Vesuvia, soll also zuerst dran glauben.

Wer bin ich? Eine Pionierin auf dem Weg zum Pfadfindertreffen? Eine Entdeckerin auf der Suche nach dem grünen Diamanten? Ein weiblicher Kolumbus, oder was?

»Wie Sie wollen. Beginnen wir also links. Ich werde von jeder Brust zwei Aufnahmen machen. So, hier hinein.«

Sie nimmt mich in die Hand und legt mich ganz gerade auf einen Plastikvorsprung in einem Riesenapparat. Sehr ungewöhnlich.

»Gleich wird es ein wenig eng, Sie halten bitte die Luft an, nicht atmen, und ich mache ganz schnell die Aufnahme.«

Die Röntgenfrau tritt hinter den Riesenapparat, und ich harre der Dinge, die da kommen werden.

Es kommen genau zwei Dinge.

Eine Plastikscheibe von links, eine Plastikscheibe von rechts.

»Nein«, rufe ich. »Nein, die kommen immer näher. Lisa, geh schnell einen Schritt zurück, bitte, ich will hier raus!«

Dann verschlägt es mir die Sprache.

Ich stehe derart unter Schock, dass ich auch die Luft anhalte. Oder bleibt mir einfach die Luft nur weg, weil die beiden Plastikscheiben mich total zusammendrücken?

Wahrscheinlich bin ich im falschen Film gelandet. Das ist ein Comicstrip und gleich spielt der Toningenieur ein Quetschgeräusch ein. Quetsch, quetsch. So als ob jemand eine fast leere Tube ausdrückt. Oder als fiele ein Stahlträger auf einen Berg Butter. Oder ...

Plötzlich lässt der Druck nach. Ein Segen.

Die Plastikscheiben verschwinden surrend dahin, wo sie hergekommen sind.

Gut gelaunt kommt die Röntgenfrau wieder. »Na, das war doch nun wirklich nicht schlimm, oder?«

»Nein«, antwortet Lisa und lächelt zurück.

Mich fragt natürlich wieder niemand.

Die gleiche Prozedur wiederholt sich, nur dass diesmal die Platten nicht von rechts und links kommen, sondern von oben und unten.

Quetsch, quetsch.

Na, das wird ein paar dämliche Fotos abgeben. Vesuvia so platt wie 'ne Briefmarke.

Angeblich gewöhnt man sich ja an alles. Vielleicht sollte ich bis zur nächsten Mammographie einen Rap-Song entwickeln. Zum Beispiel so:

Ein bisschen Quetsch,
ist doch kein Quatsch,
ist doch nur Quetsch,
dadadada,
Jajajaja,
gib mir mehr Quetsch,
tralalala ...

Puh, ich hab's überstanden.

Etna, die das Geschehen beobachtet hat, fängt an zu kreischen, als sie an der Reihe ist. »Ich will nicht, die fremde Frau soll mich nicht anfassen, lasst mich doch alle in Ruhe, ich will sofort heim!«

»Etna«, raune ich ihr zu, »es tut wirklich nicht weh. Du willst doch nicht feige sein, oder?«

»Mir egal. Ich bin eine Titte und kein Held.«

»Reiß dich zusammen, Etna. Du bekommst auch eine Belohnung. Etwas ganz, ganz Tolles!«, verspreche ich. Keine Ahnung, was Etna bekommen könnte, aber ich würde bestimmt eine Kleinigkeit mit Lisa aushandeln.

Weil Etna Geschenke über alles liebt, hält sie den Mund.

Schweigend lässt sie die Prozedur über sich ergehen.

»Alles erledigt«, erklärt die Röntgenfrau in bester Laune. »Ich entwickle jetzt die Aufnahmen und bringe sie zum Arzt. Der sieht sie sich an und teilt Ihnen in Kürze das Ergebnis mit. Ziehen Sie sich bitte noch nicht an, weil er für den endgültigen Befund noch einmal tasten wird. In der Zwischenzeit können Sie das Hemdchen hier überstreifen.«

Lisa hüllt uns in ein kleines Papierhemdchen und kauert sich wieder auf den Hocker.

»Das war ja eine elende Quetscherei!«, entfährt es mir.

»Du wolltest doch hierher«, gibt Lisa zurück.

Etna schweigt. Sie ist, glaube ich, schwer beleidigt.

»Kein Wunder, dass die nach Implantaten fragen«, sage ich. »Stell dir vor, die wissen nichts davon und dann platzt so ein Ding.«

Aber ich kann Lisa weder ablenken noch aufheitern. Sie brütet still vor sich hin. Auch Etna schweigt weiter. Ich lasse sie lieber in Ruhe, denn mit einer zutiefst empörten Titte ist nicht zu spaßen.

Ja, ja, schiebt mir ruhig den schwarzen Peter für diese Situation zu. Auch das werde ich noch ertragen. Schließlich bin ich eine erwachsene, selbstbewusste und eigenverantwortliche Titte. Sonst wäre ich nicht hier und würde vor Angst schlottern.

Die Tür öffnet sich wieder, die Röntgenfrau führt Lisa in das Zimmer nebenan. Es ist dunkel. Eine Wand ist erleuchtet. Und an dieser Wand hängen sie!

Tittenbilder.

Das müssen Etna und ich sein!

Ich starre atemlos auf mein Innenleben. Mensch Meier, da ist ja ganz schön was los!

Etna schweigt beharrlich weiter. Aber sie starrt ebenfalls fasziniert auf die durchsichtigen Schwarz-Weiß-Bilder.

»Guten Tag«, begrüßt der Arzt die schweigende Lisa. »Bitte setzen Sie sich auf diese Liege hier. Ich möchte einmal die Brust abtasten, dann mache ich Ultraschall und danach teile ich Ihnen den Befund mit.«

Der macht es ja spannend. Ich kann diese Ungewissheit langsam nicht mehr ertragen.

Wieder fremde Hände. Diesmal Männerhände, die nach

Seife riechen. Zur Krönung drücken diese Hände noch ein kaltes Gel auf mich drauf und einen Plastikschieber, der über das Gel gleitet. Ganz schön viel Plastik an diesem Vormittag. Mir ist mehr nach Seide oder Baumwolle.

»Ich bin gleich fertig mit dem Ultraschall«, erklärt der Arzt und führt nun den Plastikschieber über mein Schwesterchen Etna. Die mault mit grummelnden Lauten vor sich hin, weil sie das Gel zu klebrig findet.

Nun schaltet der Arzt den Bildschirm des kleinen Ultraschallfernsehers aus, den er die ganze Zeit beobachtet hat. Ich habe nur dunkle Wolken gesehen. Das ist bestimmt ein schlechtes Omen.

Nun kommt sie unaufhaltsam. Die Wahrheit. Was für ein Drama!

»Alles bestens«, sagt der Arzt.

So schlicht hört sich also das Ende eines Dramas an.

Nicht zu glauben.

»Wirklich alles in Ordnung?«, fragt Lisa, fast fassungslos.

»Natürlich«, antwortet der Arzt in schönster Selbstverständlichkeit. »Was haben Sie denn gedacht?«

»Ich weiß nicht, ich ...«, stottert Lisa.

»Hatten Sie Angst?«

»Irgendwie schon«, gesteht Lisa.

Und das war ja wohl ganz, ganz milde ausgedrückt. Die Hosen voll hatte sie. Ihre Nervenenden lagen blank. Die Wiedergeburt des Hasenfußes hatte stattgefunden.

»Gut, dass Sie sich der Angst gestellt haben«, lobt der Arzt. »Sie müssen natürlich weiterhin am Ball bleiben, die Brust jeden Monat gründlich abtasten. Aber selbst wenn Sie einen Knoten finden, dann ist das wirklich kein Grund zur Panik, nur ein Grund zur Kontrolle, verstehen Sie?«

Lisa nickt und hört ihm aufmerksam weiter zu.

»Die meisten Knoten sind nämlich in der Tat völlig

harmlos. Meist handelt es sich nicht um eine Krankheit, sondern um Abweichungen.«

»Was für Abweichungen?«, fragt Lisa.

»Verschiedenster Art. Zum Beispiel gibt's Fibroadenome. Das sind lediglich Drüsenläppchen von ungewöhnlicher Größe und Gestalt. Oder Zysten, die sich aus Milchdrüsen bilden können. Hier, ich gebe Ihnen ein Merkblatt für die Selbstkontrolle. Das sind jeden Monat nur ein paar Minuten.«

Das ist doch ein Klacks. Ich werde Lisa jedenfalls fortan regelmäßig daran erinnern.

»Möchten Sie die Röntgenaufnahmen hier lassen? Wir könnten sie für Sie archivieren. Oder möchten Sie sie lieber mitnehmen?«, fragt der Arzt.

Fotos mitnehmen?

Tolle Fotos von tollen, kerngesunden, quietschvergnügten Titten? Aber klar doch!

»Mitnehmen, mitnehmen!«, rufe ich Lisa zu.

»Ich nehme Sie gern mit«, antwortet Lisa lächelnd.

Als wir wieder auf der Straße stehen, atmet Lisa glücklich die heiße, abgasgeschwängerte New Yorker Luft ein. Sie weiß gar nicht so recht, wohin mit ihrer neu erwachten Energie, und hüpft übermütig ein paar Schritte vor sich hin.

Ich singe dazu meine neuste Rap-Kreation:

»Ein bisschen Quetsch,

was ist schon dabei.

Hey, geh zum Quetsch,

ist in fünf Minuten vorbei.

Dann ist alles klar.

Dann ist alles cool.

Dann fühlst du dich gut,

denn du hattest Mut.

Ein bisschen Quetsch,

was ist schon dabei ...«

Endlich bricht auch Etna ihr Schweigen. »Vesuvia, Vesuvia, ich weiß, was für ein Geschenk ich möchte.«

»Was denn?«, frage ich sie.

»Ich möchte, dass die Fotos von mir gerahmt werden.«

»Wirklich?«, frage ich zurück. Wahrscheinlich bekommt man von zu viel Rappen auf Dauer einen Hörschaden. »Sagtest du gerade gerahmt?«

»Ja, gerahmt«, erklärt Etna mit Nachdruck. »In einem Goldrahmen.«

Immer so schön bescheiden, meine bezaubernde Zwillingsschwester.

Beauty

Lisa hält nicht einfach ein Taxi an, nein, sie winkt dem Cabfahrer mit eleganter Frauenhand freundlich zu und bringt ihn damit zum Stoppen. Lisa steigt nicht einfach in das Taxi ein, nein, sie lässt sich graziös hineingleiten. Lisa brüllt dem Fahrer nicht einfach kurz und zackig nach New Yorker Art eine Adresse zu, nein, sie flötet mit zuckersüßer Stimme und hängt ein höfliches »Bitte« hintendran.

Es ist eben eine wahre Freude, zwei frisch mammographierte, gesunde, hübsche Titten sein Eigen nennen zu können.

»Mädels, jetzt gehen wir shoppen«, sagt Lisa zu Etna und mir.

Etna quietscht begeistert auf, und auch ich bin ein wenig aufgeregt, als das Taxi schließlich vor dem herrlichen Konsumtempel Bergdorf Goodman in der Fifth Avenue hält.

Lisa gibt übrigens nicht ein angemessenes Trinkgeld zwischen zehn und zwanzig Prozent des Fahrpreises, nein, sie überschüttet den verwirrten Taxifahrer mit flatternden Dollarscheinen.

Per Rolltreppe bewegen wir uns aufwärts. Als ich die Schuhabteilung erblicke, denke ich, dass Lisa ihre Sammlung an ausgefallenen Pumps vielleicht erweitern will. Aber sie lässt diese Verlockungen ungerührt links liegen. Also noch eine Etage höher.

Giorgio Armani, Calvin Klein oder Donna Karan gefällig? Organza, Chiffon oder Kaschmir mit Seide?

Auch diese Reize verfehlen heute ihre Wirkung.

Jetzt weiß ich. Jil Sander, Dolce & Gabbana, Prada, Galliano und Missoni sollen es sein. Edles, Verrücktes, Italienisches, Ausgeflipptes oder auch Bestrickendes für die modeinteressierte Kennerin!

Irrtum. Unfassbar. Normalerweise schmilzt Lisa bei den raffinierten Kleidchen und Jäckchen und Röckchen doch nur so dahin.

Heute jedoch nicht.

Nicht an diesem ereignisreichen Tag.

»Heute ist doch Tittentag!«, trällert Lisa fröhlich zur Erklärung.

Da werde ich ihr doch nicht widersprechen. Und Etna schon gar nicht. Meine Zwillingsschwester ist bereits beim ersten Blick auf die Dessousabteilung völlig berauscht. Sie ahnt, dass sie heute eine einzigartige Chance hat. Und so, wie sich Etna hier neben mir strafft, ist sie wild entschlossen, diese großartige Chance Gewinn bringend zu nutzen. Zur Not mit Gezeter, Gebrüll, Geheule oder irgendeiner Form der ausgeklügelten Erpressung.

Lisa marschiert geradewegs auf die teuersten, feinsten Büstenhalter zu. Wie üblich auf die schwarzen, weil das mittlerweile die einzige Wäschefarbe ist, die Lisa trägt. Mit zarten Fingern streicht sie über die herrlichen Kreationen. Sie wählt zwei Modelle aus. Unschlüssig betrachtet sie ein drittes.

»Was meint ihr?«, fragt sie. »Sollen wir mal so einen BH probieren? Einen Push-up-BH, der euch ein bisschen hochdrückt?«

Vom Drücken habe ich persönlich eigentlich für heute genug.

Nicht so meine Schwester. »Ja«, ruft sie aufgeregt. »Ja, einen Push-up-BH habe ich mir schon immer gewünscht! Und es war doch so ein unangenehmer Tag bisher. Ich glaube, ich habe ein Trauma. Ich brauche Trost.«

Nicht zu glauben. Etna muss es wieder übertreiben. Dass sie es nie lernt, mal angemessen dezent zu sein.

»Schon gut. Wir probieren ihn ja.« Lisa nimmt das Hochdrückexemplar von der Stange und macht sich auf die Suche nach einer Verkäuferin, die ihr eine Ankleidekabine aufschließt.

Die beiden schwarzen Spitzen-BHs sind einfach traumhaft schön und passen uns wie angegossen. Nun folgt der schwarze Push-up-Büstenhalter.

Ich sage nur: »Wow.«

Etna jubelt: »Jaaaa. Toll! Das ist er! Der oder keiner!«

Lisa lächelt uns im Spiegel zu. »Girls, da kann man ja gegen Manipulationen sein, wie man will, aber ihr seht einfach scharf aus in dem Teil. Ist es euch auch bequem genug?«

»Auf jeden Fall«, antworte ich. »Er ist so schön weich gepolstert.«

»Wie im Himmelbett«, schwärmt Etna euphorisch.

»Dann gönnen wir uns doch diese Pracht«, beschließt Lisa und wirft uns einen verschwörerischen Blick zu.

Draußen erwartet uns schon die Verkäuferin. Zufrieden begutachtet sie unsere Wahl. »Ah, ich sehe, Sie haben sich für unser beliebtestes Modell entschieden. Sehr verführerisch in Schwarz. Übrigens, falls Sie Interesse haben, wir führen dieses Modell neuerdings auch in einigen Farbvarianten.«

»Rot!«, schreit Etna sofort. »Lisa, bitte, bitte Rot. Ich

glaube, ich sterbe, wenn ich nicht endlich einen roten BH bekomme.«

Weil Etna heute ohnehin nur knapp dem Tode entronnen ist, bringt es Lisa nicht übers Herz, sie zu ignorieren.

»Haben Sie auch – Rot?«, fragt sie schließlich.

»Rot?« Die Verkäuferin überlegt. Dann erhellt sich ihr Gesicht. »Ja, natürlich. Ein ganz besonders schönes, tiefes Rot sogar. Es soll ja nicht ordinär aussehen, nicht wahr?«

Etna wäre das total egal, aber Lisa und mir nicht. Wir warten auf die Verkäuferin, die auch schon mit einem Schwung roter Spitze zurückkommt.

»Hier, das ist Ihre Größe. Ist er nicht zauberhaft?«

»Wahnsinn-traumhaft-wunderbar-herrlich-müssen-wir-haben! U-N-B-E-D-I-N-G-T!«, sprudelt Etna.

Zugegebenermaßen ist die Farbe vielleicht, nun ja, etwas auffällig, aber es ist wirklich ein schönes Rot. Eine gute Wahl, besonders wenn man auf Feuerwehrautos, Tomaten, Stoppschilder und Erdbeeren steht.

Lisa zögert noch eine Sekunde, während die Verkäuferin bereits ein passendes Spitzenhöschen heraussucht.

»Bitte, bitte, ich will auch immer lieb sein«, bettelt Etna.

Sie zieht heute wirklich alle Register.

»Ja, ich nehme das Set in Rot«, sagt Lisa endlich mit fröhlicher Stimme. »Ist ja schließlich auch die Farbe der Liebe, nicht wahr?«

Als stolze Besitzerinnen eines Wäschesets in der Farbe der Liebe gelangen wir nun in die Kosmetikabteilung. Ob wohl Lisas Wimperntusche leer ist? Oder fürchtet sie, keinen passenden Lippenstift im Büstenhalterrotton zu Hause zu haben?

»Kann ich Ihnen helfen?«, fragt eine Kosmetikverkäuferin.

»Ich hoffe«, antwortet Lisa. »Ich bin auf der Suche nach einer Creme. Genauer gesagt, nach einer Creme für das Dekolletee und, hm, darunter. Verstehen Sie?«

Die Kosmetikverkäuferin wirft kurz einen abschätzenden Blick auf Etna und mich. »Sie meinen, eine Creme für das Dekolletee und die Büste, ja?«

»Genau. Für die Büste.« Lisa nickt erleichtert.

Vornehm, vornehm. Etna und ich sind eine Büste.

Aha, Lisa will uns also eine Tittencreme spendieren. Vielleicht sollten Etna und ich für die nächste Mammographie beizeiten mal mit einem Wunschzettel beginnen. Das ist ja wirklich großartig heute, wie Büstenweihnachten.

»Die weibliche Büste neigt zu einer gewissen Hauterschlaffung«, referiert die Verkäuferin.

Unverschämtheit! Ich bin kein Schlaffi. Ich bin Vesuvia, eine Titte wie ein Vulkan!

»Diese Hauterschlaffung«, fährt die Verkäuferin unbeirrt fort, »kann die Folge von Diäten, von Schwangerschaften oder einfach des natürlichen Hautalterungsprozesses sein.«

Hey, ich bin keine Oma, klar?

»Und da können Cremes überhaupt etwas ausrichten?«, erkundigt sich Lisa, die mich ignoriert und der Büstenberaterin intensiv zuhört.

»Selbstverständlich. Einige sind extra dazu da, die Spannkraft der Brust zu erhalten.«

Sie hat tatsächlich Brust gesagt. Ist ihr sicher peinlicherweise so herausgerutscht.

»Andere«, erklärt die Verkäuferin, »verbessern die Festigkeit der Büste und wirken dem Elastizitätsverlust entgegen. Natürlich weise ich immer darauf hin, dass zu einer gut gepflegten Büste auch Gymnastik gehört und ein perfekt sitzender Büstenhalter.«

Lisa nickt. »Selbstverständlich. Würden Sie mir bitte jetzt einige Produkte zeigen?«

Dienstbeflissen baut die Kosmetikverkäuferin eine ganze Batterie von Flaschen und Tiegeln auf dem Glastresen auf.

»Das sind alles Spezialprodukte«, verkündet sie stolz. »Dieses hier enthält reines Thermalplankton und ist somit festigend und kräftigend. Das Produkt daneben gibt der Haut Vitamin B 5 und Vitamin E. Es wirkt erfrischend wie eine kalte Dusche und ist besonders empfehlenswert bei Müdigkeitserscheinungen.«

Ha, die perfekte Vitaminspritze für Etna. Neue Energie von früh bis spät. Aber Etna will davon nichts wissen. Die Vorstellung, dass eine Creme wie eine kalte Dusche ist, findet sie grauenhaft, weil sie als sensible Titte kaltes Wasser hasst wie ein Vampir die Knoblauchknolle.

»Wir haben natürlich auch ein Produkt mit Aloe Vera, das der Haut neue Geschmeidigkeit gibt und den Feuchtigkeitshaushalt reguliert. Oder hier, diese Creme. Sie wirkt dem Hautalterungsprozess entgegen. Und zwar mit liposomverkapseltem Retinol.«

Beeindruckend. Hilft das vielleicht auch gegen Tittendepressionen oder Schleudertrauma nach einer Stunde Joggen im Central Park?

»Tja, ich weiß nicht recht«, sagt Lisa unschlüssig. »Die Auswahl ist so groß und ich habe mich vorher noch nie mit so was beschäftigt ...«

»Nun, ich persönlich würde Ihnen vielleicht zu dem Vitaminpräparat raten«, antwortet die Verkäuferin. »Wenn Sie nicht, tja, wenn Sie nicht etwas ganz Besonderes wollen.«

»Etwas ganz Besonderes?«, fragt Lisa aufgeregt.

Da zappelt sie am Haken, die Lisa. Was wäre sie auch für

eine Rabenbüstenmutter, wollte sie nicht etwas ganz, ganz Besonderes für ihre Kleinen.

»Das Besondere ist natürlich immer ein bisschen teurer«, erklärt die Verkäuferin.

»Spielt keine Rolle!«, sagt Lisa.

»In diesem Falle zeige ich Ihnen nun unsere Deluxe-Creme. Die Creme mit Sofortwirkung, die einzige Creme mit der Turbo-Technologie.«

Rasant, rasant. Die hebt bestimmt im Rekordtempo.

»Fast könnte man schon sagen«, jubelt die Verkäuferin, »dass diese Creme quasi ein natürlicher BH ist. Ganz fantastisch. Und wissen Sie, worin ihr Geheimnis liegt?«

Lisa beugt sich ein wenig vor, weil die Verkäuferin nun angefangen hat zu flüstern.

»Das Geheimnis ist ein ausgeklügelter Proteincocktail und – jetzt kommt's – Kaviarextrakte!«

Hurra! Kaviar für die Titten! Dieser Tag ist wirklich ein Glückstag.

»Kaviarextrakte!«, wiederholt Lisa andächtig.

Aber, Moment mal. Kaviarextrakte? Wenn mich nicht alles täuscht, dann reden wir hier trotz aller Exklusivität realistisch betrachtet von Fischeiern. Und was hat Fisch so an sich? Fisch riecht nach Fisch. Er stinkt!

Ich beschließe mich einzumischen, obwohl ich mehr als versessen auf den Kaviar bin. »Lisa, Lisa, schnuppere doch bitte mal an der Creme!«

Sie tut es. Ihr Lächeln wird noch zufriedener. »Mmm, riecht ja himmlisch, die Creme. So sanft, so rein, so zart.«

Lisa sollte in die Werbung gehen und Werbetexte schreiben. Am besten gleich mit der Verkäuferin zusammen.

Aber ich bin erleichtert. Der Kaviarinvestition steht nichts mehr im Wege.

»Wissen Sie, ich nehme sogar zwei Cremes. Dann habe

ich gleich ein tolles Geschenk für meine Freundin Marie«, beschließt Lisa und unterschreibt den Kreditkartenbeleg, ohne auf die horrende Summe zu gucken.

Eine Stunde später sitzen wir bei Marie am Kaffeetisch. Marie freut sich sehr über das Mitbringsel.

»Wie komme ich denn zu der Ehre?«, fragt Marie.

»Ach, weißt du, ich war heute bei meiner ersten Mammographie«, erklärt Lisa. »Es ist alles in bester Ordnung. Irgendwie war ich danach so froh und erleichtert, dass ich beschlossen habe, mich ein wenig zu verwöhnen. Und weil wir Frauen zusammenhalten müssen, dachte ich, ich verwöhne dich auch gleich ein bisschen.«

»Sehr lieb von dir. Ich kann's gebrauchen und mein Busen auch.« Marie grinst. »Neulich habe ich schon die Anleitung für ein paar Straffungsübungen aus einer Zeitung ausgerissen. Natürlich war ich zu faul, um damit anzufangen. Aber wir könnten es doch gemeinsam mal probieren, oder?«

»Von mir aus sofort!«, antwortet Lisa voller Tatendrang.

Etna und ich kriegen heute tatsächlich das volle Programm. Jetzt gibt's auch noch eine sportive Einlage.

»Die erste Übung«, liest Marie vor. »Drücken Sie die Handflächen vor der Brust zusammen, halten Sie die Spannung, zählen Sie bis zehn und entspannen Sie. Mindestens zehnmal wiederholen. Also, los, ist ja ganz einfach.«

Schon nehmen Lisa und Marie ihre Positionen ein. Fest werden die Handflächen vor der Brust zusammengepresst.

»Sieht aus wie Beten«, sagt Lisa lachend.

»Nützt aber hoffentlich mehr als Beten. Ich glaube kaum, dass der liebe Gott großes Interesse hat am Busenheben.«

Beide kichern und glucksen, während sie ihre zehn Wiederholungen absolvieren. Schließlich kommt die nächste Übung. Die ultimative Übung.

»Liegestütze«, stöhnt Marie. »Komm, am besten da hinten auf dem Teppich.«

Schnaufend macht sich Lisa an die Arbeit. Marie prustet mit ihr im Takt und bekommt einen ganz roten Kopf.

»Ich hasse Liegestütze«, stöhnt sie.

»Magst du Hängebusen lieber?«, neckt Lisa.

»Ich kann gleich nicht mehr.«

»Noch ein paar, nicht schlappmachen.«

»Mannomann.«

»Ich brech zusammen.«

»Oh.«

»Puh.«

»Uff.«

Klatschend lassen sich beide gleichzeitig auf den Bauch fallen. Lisa dreht sich auf den Rücken und atmet tief durch. Dann streckt sie sich genüsslich.

»Weißt du, Marie, ich werde aufhören zu rauchen.«

»Gute Idee. Kann ich nur unterstützen.«

»Ich glaube, ich werde mein Leben von Grund auf ändern. Gesünder leben und so«, überlegt Lisa.

»Wozu einen so ein paar missglückte Liegestütze doch treiben können«, antwortet Marie ironisch.

»Weniger wegen der Liegestütze. Aber wir sollten übrigens wirklich mehr trainieren, Marie. Nein, es ist nicht wegen der Liegestütze, aber ich glaube, man kann auch inwendig mehr für die Gesundheit tun. Das habe ich schon während dieser Mammographie überlegt.«

»Brokkoli«, sagt Marie.

»Brokkoli?«

»Brokkoli soll gut sein für einen gesunden Busen.«

»Wahrscheinlich muss ich sowieso mehr Obst und Gemüse essen. Mit Olivenöl. Dann wird man steinalt. Und weniger Alkohol trinken, wahrscheinlich.«

»Auf jeden Fall nicht die harten Sachen oder Cocktails und so ein Kram. Wein ist viel besser. Ansonsten gibt's nur noch grünen Tee oder Wasser.«

»Und trockenes Brot! Nein, mal im Ernst, Marie. Ich habe gelesen, dass man tierische Fette reduzieren soll. Und der Clou sind Sojaprodukte. Tofu und so ein Zeugs.«

»Herrlich!«, sagt Marie. »Aber du hast vollkommen Recht. Ab und zu ein Tofubratling statt 'ner Bulette, Sojasprossen in den Salat, Sojabohnen zum Knabbern zwischendurch. Das ist alles sogar ziemlich lecker. Du bist wirklich inspirierend, Lisa.«

Finde ich auch. Ich bin total stolz auf Lisa. So viele gute Vorsätze und dabei ist Silvester noch lange nicht in Sicht.

Als wir abends wieder nach Hause kommen, springt Lisa als Erstes unter die Dusche. Der Angstschweiß wird abgewaschen. Danach werden Etna und ich nicht etwa trockengerubbelt, sondern sorgfältig abgetupft. Schließlich reibt uns Lisa liebevoll mit der Deluxe-Turbo-Kaviarcreme ein. Ganz nach Anleitung mit sanft kreisenden Bewegungen.

Ich kann nicht anders. Ich schnurre gewissermaßen vor Wonne.

Nachdem Lisa brav das Merkblatt für die monatliche Selbstuntersuchung in den Badezimmerschrank geklebt hat, kommt er, der große Moment. Wir schmeißen uns in Schale! Etna und ich werden vorsichtig in den Push-up-BH gehoben und Lisa zieht sich das dazu passende Höschen an. Dann baut sie sich vor dem großen Spiegel auf.

Ich hatte befürchtet, ich würde unter Umständen aussehen wie Rotkäppchen. Weit gefehlt. Ich bin eine atemberaubende Titte in Blutrot.

»Seht ihr, ich habe eben einen guten Geschmack«, sagt Etna stolz.

»Den besten«, antwortet Lisa grinsend.

»Du siehst toll aus, Etna«, lobe ich sie.

»Du auch, Vesuvia«, gibt sie glücklich zurück.

Lisa entscheidet sich für einen eleganten schwarzen Rock und eine schwarze Bluse, bei der sie die Knöpfe vorne so weit offen stehen lässt, dass man sowohl uns runde, knackige Titten als auch den roten BH deutlich erkennen kann. So warten wir auf Giovanni.

Giovanni kommt heute früher als sonst aus seinem Möbelatelier. Sein Gesicht ist besorgt. Als er aber Lisa strahlend und lässig an den Türrahmen gelehnt sieht, hellt sich seine Miene auf.

»Wie war es bei der Mammographie? Ist alles in Ordnung?«, fragt er schnell.

»Alles o.k. Vesuvia und Etna sind kerngesund.«

»Ein Glück. Aber offensichtlich nicht nur das. Sie sind auch herrlich verpackt.« Giovanni grinst und streichelt unsere Erhebungen, die über den BH hinausragen, zärtlich mit dem Zeigefinger.

»Ich glaube, für die beiden muss es ziemlich langweilig sein, jeden Tag in einen schwarzen Büstenhalter gesteckt zu werden. Rot ist bestimmt eine nette Abwechslung«, erklärt Lisa.

»Eine sehr nette Abwechslung.« Giovanni nickt. »Aber erzähl, war es schlimm?«

»Das Einzige, was schlimm war, war meine Angst. Vesuvia und Etna waren sehr tapfer.«

Giovanni nickt ernsthaft. »Sehr gut. Aber ich hatte auch volles Vertrauen in die beiden. Deshalb habe ich euch etwas mitgebracht.« Er zieht ein kleines Kästchen aus seiner Jackentasche und überreicht es Lisa.

»Ein Geschenk?«, fragt sie aufgeregt.

»Ja, weißt du, es ist ein Symbol für dein besonderes Verhältnis zu Vesuvia und Etna.«

Lisa zieht die Schleife auf und öffnet vorsichtig das Kästchen. Voller Erstaunen schaut sie auf ein Schmuckstück. Auf ein Schmuckstück wie aus dem Märchen.

»Was für ein Ring«, haucht sie andächtig.

»Von deinem Lieblingsdesigner übrigens. Als ich den Ring entdeckt habe, wusste ich sofort, dass das *der* Ring für dich ist, oder?« Giovanni betrachtet grinsend Lisas strahlendes Gesicht.

»So etwas Verrücktes«, sagt Lisa. »Ein Tittenring. Ein echter Tittenring.«

Ich kann es auch kaum fassen. Ein Ring mit zwei prallen, kecken Tittchen, die vorwitzig aus einer Korsage herausschauen.

Giovanni steckt Lisa den Ring auf den Finger.

»Er ist wunderwunderschön, Giovanni. Ich danke dir so sehr.« Lisa gibt Giovanni schnell siebzehn bis neunzehn Glücksküsschen. »Weißt du, der Ring wird mich immer daran erinnern, dass ich für die zwei verantwortlich bin und mich um sie kümmern will. Ich werde jetzt regelmäßig Tittengymnastik machen. Und Abtasten, einmal im Monat. Und nicht mehr rauchen. Und Tofu essen, verstehst du?«

»Hm, dann muss ich mir auch etwas einfallen lassen«, sagt Giovanni. »Zur Pflege, meine ich. Ich werde jetzt jeden Abend vorm Einschlafen der Vesuvia ein Küsschen geben und danach der Etna. Das ist wohl das Mindeste, was ich für die beiden Prinzessinnen tun kann.«

Etna und ich lauschen begeistert.

»Tolle Idee«, sagt Lisa. »So, und jetzt feiern wir. Ich habe den Champagner schon kalt gestellt.«

Später gibt's dann Titten mit Kaviarcreme.
Und ein Küsschen.
Und süße Träume.

Nachtrag

Ein paar Stunden später, mitten in der Nacht:

»Vesuvia?«

»Ja, Etna.«

»Schläfst du schon?«

»Nein, Etna.«

»Ich bin immer noch ganz aufgeregt.«

»Weil du endlich deinen roten BH bekommen hast?«

»Ja. Ist er nicht wunderschön?«

»Auf jeden Fall.«

»Hach, und der Tittenring ...«

»Einfach toll.«

»Vesuvia?«

»Ja?«

»Es ist aber nicht nur wegen der Geschenke. Die Mammographie ...«

»Ich weiß, ich weiß. Hast du Angst gehabt, Etna?«

»Ja, aber ich habe mir überlegt, dass das Quatsch ist.«

»Findest du?«

»Ja, es ist nur eine Untersuchung, eine wichtige Untersuchung natürlich. Sie soll doch aber nur bestätigen, dass man *gesund ist*, oder?«

»So kann man es vielleicht auch sehen«, antworte ich nachdenklich.

»So *muss* man es sehen! Außerdem hat der Arzt interessante Sachen gesagt. Vielleicht sollten wir das den anderen Titten erzählen. Und – dass das bisschen Quetscherei gar nicht schlimm ist, stimmt's?«

Ich überlege. »Mir gefällt die Idee, unser Wissen an andere Titten weiterzugeben, Etna. Wir könnten einen Club gründen.«

»Au ja, einen Club, einen Club!«, jubelt Etna.

»Genau. Und wir könnten in diesem Club die verschiedensten Botschaften an unsere Schwestern vermitteln.«

»Was denn für Botschaften?«

»Zum Beispiel: Verdrängen ist schlecht! Wissen ist Chance! Kämpfen macht stark!«

»Das klingt richtig gut, Vesuvia.«

»Danke. Fällt dir auch etwas ein?«

»Ja. Titten sollten das Leben genießen!«

»Da hast du Recht, Etna. Wir wissen ja nie, was alles passieren wird.«

»Eben.«

»Und: Eine Titte darf ruhig mal frivol sein!«

»Das gefällt mir ganz besonders, Vesuvia.«

»Hab ich mir schon gedacht.«

»Weißt du noch eine Botschaft?«

Ich überlege. »Ja, noch eine, und dann ist Schluss für heute.«

»Nun sag schon.«

»Gut, also: Schwestern, entspannt euch. Seid ganz locker. Lasst euch doch einfach mal hängen!«

Etna kichert.

»So, jetzt müssen wir aber schlafen. Gute Nacht, Etna.«

»Gute Nacht, Vesuvia.«